Egon Olsen
Goldherz

Egon Olsen, Jahrgang 1950, bockiger Schüler, rockender Kunststudent, Autor zahlloser Satiren für Bühne und Fernsehen, Nachtautor fürs Radio, Moderator, Musikproduzent. Er schrieb einige hundert Songs, machte Schallplatten und arbeitete mit vielen Showgrößen im Studio. Heute lebt er auf dem Lande zwischen Elbmarsch und Heide und beobachtet seine Umgebung mit boshaftem Interesse.
»Goldherz« ist nach »Heideblues« und »Trollblut« sein dritter Krimi im Programm des KBV

Egon Olsen

Goldherz

KBV
KRIMI

Originalausgabe

www.kbv-verlag.de
E-Mail: info@kbv-verlag.de
Telefon: 0 65 93 - 99 86 68
Fax: 0 65 93 - 99 87 01
Umschlagillustration: Ralf Kramp
Druck: Grenz-Echo AG, Eupen
www.grenzecho.be
Printed in Belgium
ISBN 978-3-940077-14-1

Ich suche und suche und suche
Und suche wohl hin und wohl her
Ich höre und höre es klopfen
Und finde es nimmermehr

Hermann Löns

1. Kapitel

Das kleine Herz war in einem braunen, wattierten DIN-A5-Umschlag. Er trug nur meine Adresse in Druckbuchstaben, keinen Absender. Der Inhalt fühlte sich zigarettenschachtelgroß an. Ich dachte mir zunächst nichts dabei, denn ich bekam oft Couverts mit Demokassetten von Nachwuchstalenten, die von mir entdeckt zu werden hofften. Die Bewerber überschätzten meine Möglichkeiten, trotzdem hörte ich mir alle Demos gewissenhaft an, um nicht am Ende denselben Fehler zu machen wie Dick Rowe, der 1962 die Beatles abwies. Meinem Bankkonto hätte selbst eine bescheidene Entdeckung wohlgetan.

Ich brachte den Umschlag mitsamt der restlichen Post in die Wohnhalle und riss ihn am großen Tisch auf. Anstelle der üblichen Kassette kam ein Pappschächtelchen zum Vorschein. Vom Geraschel angelockt, erhob sich Bruno von seinem Schlafplatz, steckte seine dicke Neufundländernase in den Umschlag und nieste. Ich nahm den Deckel von der Schachtel, und da lag es auf einem Kissen aus rosafarbener Watte, Gold anscheinend, oder vergoldet. Ich verstehe nichts von Schmuck. An einer Frau nehme ich ihn nicht einmal wahr, es sei denn, er ist sehr auffallend. Das kleine Herz war aber unscheinbar, ein gewölbtes Scheibchen mit leicht unregelmäßiger Oberfläche, passte eher zu einem Mädchen als zu einer Frau. Das Kettchen war zerrissen, der Verschluss fehlte. Hatten die Mädels früher nicht solche Herzchen, Kleeblätter und andere Glücksbringer an Klimperarmbändern gesammelt? Das hier schien am Hals getragen worden zu sein, war auch größer, etwa wie ein Groschen, und schwerer. Der Zipfel, in den alle stilisierten Herzen unten auslaufen, war ausgeprägt und geschwungen. Es war sogar ein Monogramm eingraviert. Ich hielt es ans Licht: *DS*. Dahinter konnten alle möglichen Namen stecken. Ich suchte nach dem Begleitbrief. Es gab keinen. Was sollte das? Wer schickte mir so was? Warum? Vielleicht war es ein Irrläufer? Nein. Mein Name und meine Adresse standen klar und deutlich da. Eine schüchterne Verehrerin? Blödsinn. Aus dem Alter für schüchterne Verehrerinnen war ich raus.

Ich rief nach Anneliese. Meine Haushälterin war nie um einen Kommentar verlegen. Ihr resolutes Echo kam aus dem hinteren Flur, wo sie den Fußboden wischte. Bevor sie einen Blick auf meine ausgestreckte Handfläche warf, musste ich warten, bis das in Arbeit befindliche Planquadrat fertig und das Feudel mithilfe des komplizierten Wischgestänges über dem Eimer ausgewrungen war.

Dann trocknete sie sich die Hände an der Schürze und sagte: »Hu, Paul! Willst' mich mit edles Geschmeide verwöhnen, oder trägst du so was nu selber?«

»Weder noch. Das ist gerade mit der Post gekommen. Kein Brief, keine Erklärung, nur das Ding hier. Du weißt doch sonst immer alles – passt das zu irgendwem aus dem Dorf? Wo kommt das her?«

Sie nahm es mir aus der Hand und betrachtete es prüfend. »Ein Herz ist das.«

»Ach, nee.«

»So'ne Herzen haben wir getragen, wie wir jung waren, inne Schulzeit. Kuck mal wie süß, sind Buchstaben drauf: D und S.«

»Hab ich gesehen. Die Frage ist: Wer ist DS? Und warum kriege ausgerechnet *ich* das geschickt?«

»Also, das fragt man sich echt!« Sie grinste anzüglich. »Ein Liebesbrief war ja wohl nicht dabei!«

»Nicht mal ein Zettel. Nur das Ding da in einer kleinen Schachtel.«

»DS … DS – da müsst ich mal überlegen, wer in Niederholt so heißt. Da gibt's bestimmt ein paar. Sag mal, Paul, die Schachtel – steht da nix drauf? Normal steht doch da der Name von'n Geschäft drauf.«

Ich schlug mir an die Stirn, ließ mir das Herz zurückgeben und ging nachsehen. Hinter mir setzte das Feudelschlappern wieder ein.

Als Anneliese eine halbe Stunde später in die Halle kam, saß ich immer noch am großen Tisch und starrte das Pappschächtelchen an.

* * *

Der Typ sah aus wie aus dem Neckermann-Katalog, irgendwie steif und bügelfaltig. »Ist ja widerlich«, sagte er, »ich glaub, das Biest schleppt auch noch seine Brut mit sich rum!« Er hatte eine Schmeißfliege mit einer Kugelschreibermine auf den Tisch gespießt. Um die Spitze herum wimmelte es. »Oder es sind Parasiten«, schloss er die wissenschaftliche Betrachtung, legte die Mine beiseite und drückte das Gekrabbel sorgfältig mit einem Buch platt.

Ich musste mich abwenden.

»Welche Klasse?«, fragte er.

Ich schob die Hände in die Hosentaschen, aber sie gingen nur bis zu den Daumen rein, weil meine Jeans so eng waren. »Obertertia.« Ich setzte mich auf ein Bett.

»In dem schläft Rebelein.« Er verzog verächtlich das Gesicht. »Nimm lieber das dahinten, das ist frei, sogar das obere. Hast die Wahl. Ich schlaf lieber oben, da kann mir keiner von den Bettnässern auf den Kopf schiffen. Dafür treten sie einem ständig von unten ins Kreuz.«

Seine Hände waren kräftige, rosige Schinken. Er war überhaupt sehr groß. Ich stand wieder auf.

Er nahm meinen Wäschesack und warf ihn oben auf das freie Etagenbett. »Altsprachler oder Neusprachler?«

»Alt.«

»Dann sind wir zusammen. Herzlichen Glückwunsch! Am Toni wirst du deine Freude haben: Latein und Geschichte, Vokabeln und Jahreszahlen, dass du bekloppt wirst, und sagenhaft viele Hausaufgaben! Der ist 'ne echte Sau!«

Der »Toni« war der Klassenlehrer, wie sich herausstellte. Mein neuer Zimmergenosse hieß Armin.

»Mein Alter hat eine Firma«, sagte er, »was macht deiner?«

»Hat auch einen Betrieb.« Ich verschränkte die Arme. Zu Hause hatten sie mich wegen unseres Bestattungsinstituts ewig nur »Leichennickel« genannt. Das musste hier ja nicht unbedingt so weitergehen. »Wann kommen denn die anderen alle?«

»Spätestens zum Abendessen muss der Letzte hier sein.« Er sah auf die Uhr. »Ich geh zu Kosanke. Kommst du mit?«

Statt zu fragen, wer Kosanke sei, schüttelte ich den Kopf und tat, als sei ich mit meinem Wäschesack beschäftigt. Armin griff sich seine Jacke, die genauso spießig aussah wie der Rest seiner Klamotten, und stakste pfeifend auf den Flur.

Als er weg war, entspannte ich mich etwas. Es war ganz still in dem alten Haus. Der bärtige Erzieher, der mich in Empfang genommen und mir das Bett zugewiesen hatte, war gleich darauf verschwunden. Er hatte mich die breite Holztreppe hinaufgeführt, vorbei an vielen offenstehenden Türen bis zu einer ganz am Ende des Flurs. Ein großes Eckzimmer, gewachste Dielen, vier Etagenbetten, graugestreifte Matratzen, engstehende Tische und Schränke, hohe Fenster mit doppelten Flügeln. Ein Junge lag auf dem Rücken und las.

»Zieh gefälligst die Schuhe aus«, hatte der Erzieher gesagt, »auf der Matratze wollen noch andere schlafen.«

Armin hatte hastig die Beine aus dem Bett geschwungen. Jetzt sah ich ihn im Sonnenschein draußen in Richtung Schule schlendern. Sie lag jenseits einer Rasenfläche, war genauso alt und weinbewachsen wie das Jungenwohnheim und hatte wie dieses moderne Anbauten. Dahinter wohnten »die Weiber«, wie Armin mir erklärt hatte. Die ganze Anlage, einschließlich Mädchenheim, war von einem kleinen Wald mit großen Bäumen umgeben, die an vielen Stellen die Dächer überschatteten. Armin folgte gemächlich einer Wegbiegung nach links und war außer Sicht.

Die Sonne schien auf das hölzerne Fensterbrett. Jemand hatte mit Kuli *Jutta* reingeritzt, jemand anders hatte die Schrift halbwegs weggeschrubbt. Ich betrachtete meine Fingerkuppen und fragte mich, ob die Schwielen darauf schon im Verschwinden begriffen waren. Meine Gitarre war zu Hause. Mein Verstärker war zu Hause, meine Platten, meine Starposters, meine Freunde, alles. Ich war komplett vom Leben abgeschnitten – und das war ja auch der Zweck der Sache.

Meine Eltern hatten nicht die leiseste Ahnung, was mich an der Musik so fesselte. Sie wussten nur, *dass* sie mich fesselte, und dass dies die Ursache für meinen schulischen Absturz war. Das Halbjahreszeugnis war ein Desaster gewesen. Mein Vater war fassungslos. »Das ist … Paul, das … was sollen wir nur mit dir machen, Junge? Wenn das nächste Zeugnis genauso wird, bleibst du sitzen, mit Pauken und Trompeten! Wovon willst du denn bloß mal leben? Was glaubst du, was aus dir mal werden soll?«

Bestimmt kein Leichenbestatter, dachte ich, aber das behielt ich für mich. Ich wusste, wie gern Papa Interesse »fürs Geschäft« bei mir gesehen hätte, und es tat mir weh, ihn zu enttäuschen. Er war so weichherzig.

»Du kannst doch nicht von Beatmusik leben, Paul!«

»Weißt du, was die Beatles verdienen, Papa?! Oder die Stones?! Die sind Millionäre!«

Er öffnete den Mund, um etwas zu sagen, und machte ihn entmutigt wieder zu.

Mama war noch schlimmer: Sie verwöhnte mich auf Schritt und Tritt und verlangte von ihm, er möge mich hart anfassen, obwohl ihr klar sein musste, dass er dazu gar nicht fähig war. Auf Katastrophenmeldungen aus der Schule reagierte sie mit Herzbeschwerden, bei denen ich mich immer fragte, ob sie echt oder bloß eingebildet waren. Zumal nie der Doktor gerufen wurde. Allerdings wirkte sie immer ziemlich überzeugend. Sie sank kraftlos auf den nächsten Sessel, wobei sie eine Hand schwer auf die Lehne stützte und die andere auf die linke Brust presste: »O weh, ich fürchte, mein dummes Herz macht Sachen.«

Selbst Papa war sich nie ganz sicher. »Mal wieder Herzklabastern«, sagte er mit düster gehobenen Brauen, wenn er aus dem Schlafzimmer kam, nachdem er die Sterbenskranke ins Bett geleitet hatte.

Ich fühlte mich jedes Mal hundeelend. Schuldbewusst bis ins Mark schwor ich tausendmal Besserung – und konnte das Versprechen doch nie einhalten. Ich lief umher wie mit einem permanenten Magenkrampf und fand letztlich doch nur wieder bei meinen Idolen und meiner Gitarre Erlösung.

Meine Eltern ahnten, dass ich auf die Art niemals das Gymnasium schaffen würde, und rangen sich nach heftigen Diskussionen zu der Auffassung durch, dass ein radikaler

Schnitt nötig sei. Die Wahl fiel auf Brokheide, weil es erstens weit genug weg war, zweitens ein christliches Internat und drittens bezahlbar war. Ich fiel aus allen Wolken. Ich protestierte, ich tobte, ich weinte. Papa hätte am liebsten mitgeweint, aber es half nichts. Ich bekam eine neue Stoffhose für sonntags, Jeans, zwei neue Nickis, eine Windjacke, neue Schuhe, Sportzeug, und in die Unterwäsche wurden überall Namensschildchen reingenäht. Peinlich! Hatte John Lennon vielleicht Namensschildchen in der Unterhose? Zu allem Überfluss stand außer tausend Schulsachen auch noch ein Gesangbuch auf der Besorgungsliste. Kirchenlieder, nicht zu fassen!

Aus Angst, nach der langen Fahrt zu spät anzukommen, hatten mich meine Eltern viel zu früh abgeliefert. Papa hatte beim Abschied verlegen zur Seite gesehen und mir unauffällig einen Fünfmarkschein in die Hand gedrückt, Mama hatte ein bisschen geheult. Bei der Abfahrt hatten sie aus den Seitenfenstern gewinkt, Mama mit einem Taschentuch. Nach einer Sekunde der Erleichterung hatte sich mein Magen wieder scharf zusammengezogen.

»Dann komm mal mit.« Der Erzieher war vorausgegangen, ich war ihm mit unguten Gefühlen gefolgt.

Nichts rührte sich vor dem Fenster. Armin blieb von der Bildfläche verschwunden, die Sonne schien stillzustehen. Ich überwand mich, das Heim zu erkunden. Ich verließ das Zimmer, ging den leeren Gang entlang und spähte in die Räume. Sie waren unterschiedlich groß, aber alle gleich eingerichtet, überall die gleichen braunen Schränke und Tische, die gleichen Etagenbetten. Eine Zimmertür stand nicht ganz offen, sondern war angelehnt. Ich stieß sie auf und zuckte zusammen: An einem Tisch saß ein dunkelhäutiger Junge. Er erwiderte mein »Hallo« mit reserviertem Nicken. Dann ein

Waschraum, dort an einer Wand reihenweise Waschbecken, ihnen gegenüber Toilettenkabinen und Pinkelbecken. Im Erdgeschoss fand ich einen Fernsehraum. Ein ältlicher Apparat auf einem Brett oben in der Zimmerecke, ein Dutzend Stühle, sonst nichts. Vom Flur führten Glastüren in den Speisesaal. Dort stand neben dem Speisenaufzug eine Anrichte, darauf ordentlich gestapelte Tassen und eine Kanne. Sie war warm. Ich hob den Deckel: Pfefferminztee.

Gerade als ich aus dem Haupteingang ins Freie treten wollte, fuhr das erste Auto auf den Parkplatz, zwei ältere Schüler auf dem Rücksitz, offenbar Oberstufler. Ich zog mich hastig zurück und rannte wieder nach oben. Von dort beobachtete ich die beiden durchs Fenster beim Ausladen. Noch bevor sie damit fertig waren, kam schon der nächste Wagen. Nach und nach wurde es rege da unten. Opel, NSU, Ford Taunus, Mercedes, gelegentlich ein Renault, am häufigsten VW. Es kamen Jungen in meinem Alter, es kamen jüngere und ältere. Koffer, Wäschesäcke, lautstarke Begrüßungen, man schlug einander auf die Schultern.

Eigentlich ganz normale Typen, machte ich mir Mut. Die meisten trugen Jeans, viele auch Parkas. Mir fiel auf, dass alle kurze Haare hatten. Das stärkte mein Selbstbewusstsein ein bisschen, denn meine reichten hinten bis fast an den Kragen runter, waren dicht und kraus und standen vom Kopf ab wie elektrisch geladen.

Während sich das Haus immer mehr mit Leben füllte, wünschte ich mir bei jedem nahenden Schritt inständig, er möge ein anderes Zimmer ansteuern. Das machte den Auftritt von Rolli und Nolli umso einprägsamer für mich.

Rollis hohe Stimme war schon von Weitem zu hören. Er redete in einer Tour und hörte auch nicht auf damit, als sie ins Zimmer platzten. Er blieb nur kurz in der Tür stehen, sodass der andere ihn fast umrannte, musterte mich und stellte fest: »Ein Neuer! Sieh einer an!« Dank seiner roten Haare und der spitzen Nase hatte er etwas von einem Fuchs, die hellen Knopfaugen flitzten hin und her. Er ging zu einem Bett und knallte seinen Krempel mit Schwung darauf. »Mann, bin ich froh, dass ich wieder hier bin, Leute! Jeden Tag derselbe Mist, nicht auszuhalten! Meine Alten sind einfach nicht zu ertragen! Jetzt sind sie endlich geschieden und geben trotzdem keine Ruhe. Ob ich bei meiner Mutter war oder bei meinem Alten, es war immer dasselbe – erst haben sie getan, als wären sie wer weiß wie besorgt um mich, und dann hat's nur zwei Minuten gedauert, da konnt ich schon wieder den seelischen Mülleimer spielen. Da lob ich mir das gute, alte Kotzbrockheide.« Er musterte mich mit gerunzelter Stirn: »Einen kleinen Dicken hatten wir hier in der Bude eigentlich schon!«

Sein Freund legte ihm einen Arm um die Schulter und grinste mich an: »Mach dir nichts draus. Er meint's nicht so, er hat nur seine Klappe nicht unter Kontrolle, deshalb heißt er Rolli der Bekloppte.« Das Grinsen offenbarte einen dunkel verfärbten Schneidezahn. »Ich heiß Gerhard.«

»Gerhard Noll«, ergänzte Rolli der Bekloppte. »Gerhard Noll, genannt Nolli.« Er versuchte, sich dessen Griff zu entwinden. »Ich heiß Roland Scheffel, deshalb Rolli. Wir zwei sind noch gut weggekommen, es gibt noch viel schwachsinnigere Spitznamen hier. In der Oberstufe haben sie einen aus Frankfurt, den nennen sie Ali, weil er Erich heißt.«

Ich sah ihn verständnislos an.

Er breitete die Arme aus: »Wegen Erich Mende, dem Politiker. Wenn man zu dem Ali sagt statt Erich, wird Ali Mende draus.« Er wandte sich seinem Gepäck zu.

Ich begriff immer noch nicht.

Der andere nickte nachsichtig: »Das ist so bescheuert, da kommst du nie drauf. Der Erich ist aus Frankfurt, für den klingt Ali Mende wie Alimente.«

Ich tippte mir wortlos an die Stirn.

»Tja, Blödheit kennt keine Grenzen«, meldete sich Rolli wieder, »dagegen ist Rolli und Nolli harmlos. Merk dir für mich einfach Rolli wie Rot, weil ich rote Haare hab, dann kommst du nicht durcheinander. Wie heißt du?«

»Paul.«

»Ist nicht wahr! Paul wie Paul McCartney? Sagenhaft!« Er stieß Nolli in die Seite: »He, er heißt Paul!« Er sprach es englisch aus, und ich grinste geschmeichelt. Ich wusste noch nicht, dass aus Paul sehr rasch wieder der alte Leichennickel werden würde.

Nach und nach trudelte der Rest der Zimmerbelegschaft ein. Ein bulliger Typ, der das Bett unter demjenigen von Armin bezog, dann ein fröhlicher Blonder mit Sommersprossen, dann einer, den sie Jerry nannten, und zum Schluss tatsächlich noch ein kleiner Dicker. Er hieß Lutz. Obwohl kein Neuling, war er noch gehemmter als ich, unsicher, geradezu unterwürfig. Er bot reihum Schokolade an.

»Verpiss dich, Rebelein«, knurrte der Bullige, »schleim woanders rum!« Lutz ließ verzagt die Arme hängen.

»Lass gut sein«, sagte Nolli, klopfte ihm auf die Schulter und bekam einen dankbaren Blick dafür.

Kurz vor dem Abendessen tauchte auch Armin wieder auf. Rolli stemmte die Arme in die Seiten und tat schockiert: »Ach du Scheiße, der Witte! Wir hatten alle gehofft, du wärst vielleicht bei deinem Alten in die Schrottpresse gekommen!«

»Pass bloß auf, du Ratte, du kannst gerne eine aufs Maul haben!« Armin hob einladend einen seiner Schinken.

Rolli schien unbeeindruckt. Von unten war ein Gong zu hören.

»Lass den Scheiß, Mann, es gibt Essen«, sagte Nolli und zog seinen Freund mit sich. Zu mir sagte er: »Nimm dein Gesangbuch mit.« Aus allen Zimmern drängten Jungen in den Gang und auf die Treppe. Die älteren gaben sich lässig und unterhielten sich lautstark, die jüngeren schrien, rannten und rempelten einander an. Im unteren Flur stießen die Oberstufler aus ihrem Anbau dazu, und durch den Haupteingang kamen die Mädchen herein. Ich hielt mich an Rolli und Nolli, die mich mit zu ihrem Tisch nahmen. Niemand setzte sich, alle blieben hinter ihren Stühlen stehen. Die Glastüren wurden geschlossen. In einer Ecke, die von beiden Flügeln des L-förmigen Raums aus einzusehen war, warteten zwei Männer. Beide trugen Anzug und Krawatte. Der ältere von beiden war vielleicht Mitte fünfzig. Er musste als Student in einer schlagenden Verbindung gewesen sein, denn er hatte Schmisse im Gesicht, tiefe Narben, von denen eine seinen rechten Mundwinkel zu einem frostigen Lächeln verzerrte. Er setzte zu einer kurzen Begrüßungsansprache an, und an den Tischen wurde es totenstill. Seine Worte waren freundlich, seine Stimme nicht. Es lag eine feindselige Gekränktheit darin, eine Drohung, so als spreche er zu Menschen, von denen sein Vertrauen notorisch missbraucht werde.

Rolli neigte sich leicht zu mir herüber und flüsterte: »Der Chef!«

»Was?«

»Hoffmann, der Direktor, der Chef! Der andere ist der Heimleiter.«

Der Direktor hielt inne und richtete seinen Blick auf uns. Auch als er jetzt weitersprach, blieben seine Worte verbindlich, doch die Schärfe des Tons nahm zu. »Wir haben einen Neuen in unseren Reihen, der ausnahmsweise mitten im Schuljahr aufgenommen wurde. Er wird das hoffentlich zu würdigen wissen. Sein Name ist Paul Nickel. Du bist uns in unserer Gemeinschaft herzlich willkommen, Paul.«

Alle sahen mich an, einige grinsten verstohlen. Mir wurde heiß, bestimmt hatte ich krebsrote Backen. Hoffmann wandte sich dem Heimleiter zu und sagte etwas, wobei er kurz mit der Hand auf mich deutete. Dieser nickte. Seine Brille blitzte. Es folgte ein Tischgebet, und wir durften uns setzen.

Rolli sicherte sich eine Portion Aufschnitt und informierte mich dabei: »Der Chef ist der mit der Narbenfresse, zum Glück ist der fast nur in der Schule. Aber der Heimleiter schleicht ständig hier im Haus rum und kontrolliert jeden Scheiß. Vor dem musst du dich vorsehen.«

Nolli seufzte. »Ich frag mich manchmal, wer von den beiden das größere Arschloch ist, der Chef oder Himmler.«

Neben Nolli saß ein dunkelhaariges Mädchen mit leuchtend blauen Augen, dichten, rabenschwarzen Brauen und Pferdeschwanz. Sie war etwa in meinem Alter und so hübsch, dass ich es verlegen vermied, sie anzusehen, bis sie mich ansprach: »Lass dich von den beiden Verrückten hier nicht in Schwierigkeiten bringen. Der Himmler heißt eigentlich Freudenberg, Dr. Freudenberg. Sag bloß nicht Herr Himmler zu dem. Letztes Jahr hat einer auf dem Schild am Heimleiterbüro vier Buchstaben weggekratzt, sodass aus ›Heimleiter‹ ›H imle r‹ geworden ist. Nach drei Tagen hatten sie raus, wer's war, und weg war das arme Schwein.«

»Wie – weg?«

»Ist geflogen, Mann! *Consilium abeundi*«, sagte Rolli.

Nollis langes Gesicht wurde noch schwermütiger. »Ich hab gesehen, wie seine Alten ihn abgeholt haben. Der ist auf eine Höllenfahrt gegangen. Sagenhaft!« Er nickte mir zu: »Doro hat recht, pass lieber auf.«

Ich hätte sie gerne angesprochen oder irgendwas gefragt, um einen Grund zu haben, sie länger anzusehen, aber es fiel mir nichts ein. Dafür unterhielten sich die anderen umso lebhafter. Rolli gab grimmige Details aus dem Scheidungskrieg seiner Eltern zum besten, Nolli erzählte auf seine trockene Art von der katastrophalen Campingfahrt seiner Familie nach Spanien. Wenn er lachte, sprang mir jedes Mal sein schwarzer Zahn ins Auge.

Doro hatte in einer Behinderteneinrichtung gearbeitet. »Da kannst du Demut lernen«, erklärte sie. »Bei uns hier dreht sich alles um die Figur und Busen und Taille und so'n Scheiß, wisst ihr, aber da – da siehst du Sachen, da merkst du erst mal, dass du schon dankbar sein kannst, wenn du unten 'n Loch hast!«

Nolli sah mich zusammenzucken und sagte: »Doro tut nur so abgebrüht. In Wirklichkeit hat sie ein Herz aus Gold.« Das klang ganz ernst. Offenbar meinte er, was er sagte.

Sie kniff ihm mit aller Kraft in den Arm.

Ich sah stumm auf meinen Teller oder in die Pfefferminzteetasse. Ich hätte sowieso nur von dem langweiligen Gepauke berichten können, mit dem ich mich auf Brokheide hatte vorbereiten müssen, also schwieg ich. Rollis Fragen beantwortete ich einsilbig.

Nach dem Essen kamen die Gesangbücher zum Einsatz. Hinter unseren Stühlen stehend sangen wir die ersten drei Strophen von *Nun ruhen alle Wälder*. Die dritte hieß:

»Der Tag ist nun vergangen
Die güldnen Sternlein prangen
Am blauen Himmelssaal
Also werd ich auch stehen
Wenn mich wird heißen gehen
Mein Gott aus diesem Jammertal«

Es war noch hell draußen, von güldnen Sternen konnte keine Rede sein, aber der Jammer war zum Greifen.

Als sich die Schülerhorde wieder in die Flure ergoss, fing mich der Heimleiter an der Glastür ab. »Du gehst gleich morgen zum Friseur und lässt dir die Haare schneiden, Nickel. Lass dir von den anderen erklären, wie du da hinkommst.«

* * *

Auf dem Schächtelchen stand in geprägten Goldbuchstaben:

GOTTHOLD
Juwelier
Brokheider Straße 9
2723 Tengeloh

Die Adresse reichte, um mich dermaßen mit Erinnerungen zu überschwemmen, dass es mir den Atem nahm.

Ich schätze das gar nicht. Der Mensch ist bekanntlich ein Meister der Verdrängung; er weiß genau, dass er eines Tages ins Gras beißen muss, doch bis es soweit ist, schiebt er den Gedanken daran beiseite und lebt fröhlich daher. Nur wenn ihn Erinnerungen aus vergangenen Zeiten überfallen, spürt er plötzlich ein Brennen in der Brust, ein bohrendes Verlustgefühl. Ob sein Verstand es erfasst oder nicht: Sein Empfinden sagt ihm quälend deutlich, dass all die verflossenen, unwiederbringlichen Lebensabschnitte bereits in seinem Sarg liegen und auf den Rest warten. Er selbst liegt schon da drin! Nur noch nicht ganz. Genau deswegen hatte ich mich nie gern melancholisch in Erinnerungen gewälzt. Klassentreffen und ähnliche Veranstaltungen hatte ich stets gemieden. Es ist wehleidig, niederdrückend und völlig unnütz, am eigenen

Grab zu heulen. Selbstmitleid ist was für Weicheier. Vorbei ist vorbei. Wer alle Tassen im Schrank hat, blickt resolut in die Zukunft und genießt das Leben.

»Hast du was mit den Augen, Paul?«

Meine Ohren wurden immer schlechter. Ich hatte Anneliese nicht kommen hören und lenkte ab, indem ich in den Garten sah und mit fester Stimme fragte: »Warst du schon mal in Tengeloh?«

»Wo?«

»Tengeloh, mitten in der Heide.«

»Nee, wieso?«

»Da kommt das Schächtelchen her.«

Sie las den Aufdruck, nickte zustimmend und sagte: »Denn ist ja alles klar.« Damit verschwand sie in die Küche. Kurz darauf war lautes Schranktürenklappen zu hören, Schubladengerumpel, Besteckgerassel – jene Lautsprache, die es schafft, hochkomplexe Inhalte mithilfe knappster Geräusche auszudrücken:

»Klong.« (Das kann ja wohl nicht angehen. Wie kann ein denkender Mann Eigelb bloß so lange anbacken lassen, dass man den Teller anne Gabel hochheben kann?)

»Flatsch!« (Ich möcht bloß mal wissen, wieso einer Rotwein mit'n guten Handtuch aufwischt, wo das Feudel direkt daneben in'n Besenschrank auf'n Eimer liegt!)

»Quietsch!« (Tscha, wer kein Spülmaschinensalz im Geschirrspüler tut, brauch auch nicht glauben, dass der Hundekamm sauber wird!)

Ich wog die Schachtel in der Hand. Natürlich war keineswegs alles klar, doch was mir die Aufschrift sagte, war schon mehr als mir lieb war. Das altmodische Herzchen gehörte in meine Tengeloher Internatszeit, und das Monogramm passte zu einem Mädchen, das ich gekannt hatte. Und ich hatte guten Grund gehabt, all das gründlich zu vergessen.

Das Telefon im Arbeitszimmer klingelte. Ich trabte die Treppe hinauf.

»Hier ist der Rainer!«

Am Apparat war mein wichtigster Abnehmer zu der Zeit, Rainer Menges, der Produzent von Stefan Frank. Wenn ich irgendwo nach meinem Beruf gefragt wurde und erklärte, ich sei Songschreiber, wollte jeder sofort wissen, für wen. Der Name Stefan Frank löste unterschiedliche Reaktionen aus. Sie reichten von sprachloser Bewunderung bis zu herablassendem Lächeln. In bessergestellten Kreisen gab man sich meist den Anschein, als halte man höflich seine Geringschätzung zurück; der kleinkarierteste Hansel saß immer auf dem höchsten Ross. Stefan Franks Zielpublikum war nämlich die breite Masse, deshalb sang er ausschließlich sehr einfache und eingängige Titel, knallige, rockige Schlager – und verkaufte sie auf Hunderttausenden von Platten. Er füllte ganze Stadien, seine Fans liebten ihn vorbehaltlos und innig, und zwar gerade wegen seiner Einfachheit und Direktheit. Auf der Bühne und vor der Kamera wirkte er wie ein Autoschlosser, der es nicht fassen kann, dass er im Lotto gewonnen hat. Was sein Image am markantesten kennzeichnete, war Ehrlichkeit.

Ich war bestimmt der Letzte, der hinter diesem Nimbus auch nur einen Funken Wahrheit erwartet hätte. Umso verblüffter war ich, als ich für ihn zu arbeiten begann. Ich hatte einige Songs ins Blaue hinein an seinen Produzenten geschickt. Meine ewigen Schulden im Nacken, hatte ich mich hingesetzt und eine Anzahl möglichst simpler und krachiger Stücke geschrieben. Große Hoffnungen machte ich mir nicht, weil ich wusste, wie viele Komponisten ihn mit Angeboten bombardierten, aber zwei Wochen später hatte ich eine Nachricht auf meinem Anrufbeantworter: »Hier ist der

Rainer Menges vom Stefan Frank. Du hast uns ein paar Titel geschickt, davon gefällt uns einer … ganz gut.«

Ich rief ihn zurück und erfuhr erstaunt, dass nicht etwa eine der Krachnummern Anklang gefunden hatte, sondern ein heiteres, kleines Stück, das ich mehr zur Abrundung mitgeschickt hatte. Die zweite Überraschung: Es gab eine klare Veröffentlichungszusage, einen sauberen Verlagsvertrag und sonst nichts. Kein Gefeilsche, keine erpresserischen Übergriffe. Danach hatte ich mich schwer ins Zeug gelegt, um mir diese Tür offen zu halten, und es hatte sich eine erfreuliche Zusammenarbeit entwickelt.

Eines änderte sich allerdings nie: Wann immer ich mir einbildete, ich hätte endlich mal die spezifische, knallige Stefan-Frank-Masche hingekriegt, winkte Menges ab: »Nee, Paul, lass mal, das isses nicht, das kannst du nicht. Aber macht nichts – schreib du uns ein paar schöne Balladen!« Auch diese Offenheit war mir im Grunde angenehm. Für taktvolles Gesäusel hätte ich mir eh nichts kaufen können.

»Hier ist der Rainer!« Er klang wie immer ungemein fidel. Kunststück, mit so viel Geld auf der Bank wär ich auch von morgens bis abends fidel gewesen. »Hör mal, Paul, der Titel, den du letzte Woche geschickt hast, der gefällt uns … ganz gut – nur, da ist am Anfang von jeder Strophe eine Harmonie, da krieg ich Pickel am Arsch von.«

Er wartete, bis ich zu lachen aufhörte, dann fragte er: »Im Ernst, Paul, was ist das bloß für'n Scheißakkord?«

»Ich weiß es nicht.« Ich hatte nie im Leben Noten gelernt. »Ein verminderter vielleicht.«

»Siehste, ich hab's gewusst! Ein verminderter! Über verminderte Akkorde weiß ich nur eins: Die vermindern die Einnahmen.«

»Ich schreib's um«, seufzte ich. Umschreiben hieß: Erst mal auf der Gitarre so lange herumprobieren, bis eine neue Lösung gefunden war. Das war etwas, wovon die intellektuellen Anspruchsdeppen keine Ahnung hatten: Nichts ist schwieriger als eine einfache Lösung, wenn sie den Zeitgeschmack treffen und eingängig und obendrein was Besonderes sein soll. Hatte ich schließlich mit viel Schweiß und Glück einen Einfall zustande gebracht, musste ich im Studio das vorhandene Playback auf den Kopf stellen, ganze Passagen neu aufnehmen und anschließend alles zum x-ten Mal abmischen. Ich hasste es, fertige Titel wieder aufzudröseln, aber eines der wichtigsten Erfolgsrezepte in meinem Gewerbe lautet nun mal: *rewrite the song*. »Wann brauchst du es denn?«

»Sofort.«

»Kein Problem«, sagte ich säuerlich.

Diesmal lachte er. »Komm schon, das Spiel heißt noch immer: Geldverdienen mit Musik!«

Das traf den Punkt. Seufzend holte ich mir unten einen Kaffee, dann ging ich ins Studio und warf die Anlage an. Um die eigentliche Arbeit noch ein wenig aufzuschieben, nahm ich meine Lieblingsgitarre und zog einen Satz neuer Saiten auf.

Während ich die alten einzeln aufrollte und in den Mülleimer schmiss, die neuen aus den Papierhüllen nahm, während ich an den Wirbeln drehte und kurbelte, musste ich dauernd an das Mädchen denken, dem das kleine Herz gehört hatte. An das Schmuckstück selbst konnte ich mich nicht erinnern, aber die Initialen und die Tengeloher Schachtel waren eindeutig. Was sollte aber diese Post an mich? Eine wortlose Bitte um Vergebung nach fünfundzwanzig Jahren? Ich dachte an meine tiefe Verzweiflung damals, das Elend und den verletzten Stolz.

Nach einer Stunde saß ich immer noch mit dem halb gestimmten Instrument auf den Knien da. Schließlich hängte ich die Gitarre weg, schaltete die Anlage wieder ab und ging nach unten. »Bruno!«

Fünfundsiebzig Kilo Neufundländer donnerten an mir vorbei in den Flur. Der Hund erkannte einen anstehenden Spaziergang am Ton meiner Stimme, wenn nicht schon am Klang meiner Schritte. Innen vor der Haustür drehte er sich zu mir um und führte einen Stepptanz mit den Vordertatzen auf. Als ich öffnete, schoss er ins Freie.

Anders als sonst gab ich ihm diesmal nicht die Richtung vor, sondern zockelte grübelnd hinter ihm her; entsprechend lange waren wir unterwegs. Im Süden des Dorfs wurde ich von empörten Rufen aus meinen Gedanken gerissen. Dort hatten sich mitten auf einer großen Wiese elf Leute versammelt, die sich von Bruno gestört fühlten. Sie standen wie Pinguine auf einem Haufen und wedelten mit den Armen. Näheres Hinsehen ergab, dass es sich um den Niederholter Gemeinderat handelte, der offenbar gerade eine amtliche »Begehung« durchführte. Ich erinnerte mich: Vor einiger Zeit waren sämtliche finanziellen Rücklagen des Dorfs dafür verpulvert worden, einem Pleitebauern Land abzukaufen, und nun sollte auf einer Ecke davon eine neue Schule gebaut werden.

Annelieses Erklärung dazu war ziemlich skurril: Niederholt habe zwar eine schöne Schule, aber der Kindergarten sei zu klein. Deshalb habe der Rat eine neue Schule beschlossen, damit der Kindergarten in die Räume der alten umziehen könne, die für diesen Zweck umgebaut werden solle – das sei billiger und gehe schneller. In sämtlichen Lokalblättern waren die Pläne publik gemacht worden, und der Rat hatte ausgiebig in ihrem Glanz posiert. Unklar war nur noch, wie man die Turnhalle von ihrem jetzigen Standort neben die neue Schule kriegen sollte. Auf meine Frage, ob der Gemeinderat noch alle Tassen im Schrank habe, antwortete Anneliese: »Wie kommst du denn darauf?«

Ich pfiff den Hund zu mir und leinte ihn an, um die Verwirrung in den heißgelaufenen Hirnen nicht noch zu forcieren. Am anderen Ende des neuen Gemeindelandes ließ ich ihn wieder los. Hier hatte sich einer der Ratsherren zwei Hektar eingezäunt und baute darauf einen Reitstall, um – dies seine offizielle Begründung – die Lebensfreude seiner Gattin zu steigern. Bruno umkreiste die aufgeworfenen Erdhügel und den bergeweise herbeigeschafften Sand, beschäftigte sich lange mit einer frisch gefällten Eiche, beschnüffelte die Baustoffstapel und das schwere Gerät, das der Bauherr vermutlich von seinem ahnungslosen Chef geborgt hatte. Nach Feierabend würde hier die Schwarzarbeit blühen. Schließlich war Bruno mit der Inspektion fertig und zog weiter. Meine Hoffnung, die frische Brise werde mir den Kopf freipusten, erfüllte sich nicht. Als wir zum Haus zurückkamen, kreisten meine Gedanken immer noch um das kleine Herz.

Im Briefkasten steckte eine *Hannoversche Allgemeine* der Vorwoche. Auf einem angehefteten Zettel fand ich einen Gruß von Heinrich Göke, Annelieses Mann. Er hatte die *HAZ* abonniert und einen kleinen Artikel über mich darin entdeckt. Dass er ihn eigens vorbeigebracht hatte, war nicht etwa auf freundschaftliche Gefühle zurückzuführen, sondern Ausdruck reiner Schadenfreude. In der Zeitung zu stehen, ziemte sich in Niederholt nämlich nicht, es sei denn, man wurde als Würdenträger eines Vereins oder für sportliche Leistungen gelobt. Ansonsten wurde höchstens noch Dorfpolitikern ein gewisses Maß an journalistischer Beachtung nachgesehen; Wichtigtuer dagegen, die es nötig hatten aufzufallen, wurden im Dorf entsprechend belästert. Meine unsägliche Schlagzeile lautete: *Heiderock und Lederhose.* Die Notiz bezog sich auf eine Volksmusik-Nummer aus meiner Feder, mit der die *Original Grainauer* im Vorjahr recht erfolgreich gewesen waren, und zitierte mich mit dem Satz: *Songschreiber sind nun mal wie Huren, die können sich ihre Kunden nicht aussuchen.* Der Artikel endete mit einem süffisanten Schlenker auf meine Großtaten als Verbrechensbekämpfer wider Willen. Kein Wunder, dass man sich in Niederholt das Maul zerriss. Das Foto zeigte mich mit zerwühlten Haaren in meinem Studio. Es sah aus, als sei ich der Muppet Show entlaufen.

Für den Rest des Tages war ich mir selbst im Weg; abends starrte ich auf den Fernseher ohne wirklich hinzusehen, anschließend schlief ich schlecht. Der folgende Morgen war keinen Deut besser, bis ich endlich einen Entschluss fasste.

Und dann war ich ohne Rücksicht auf Rainer Menges, meine Gitarren und das Studio auf dem Weg nach Tengeloh. Die Schachtel mit dem kleinen Herzen steckte in meiner Jackentasche.

* * *

Wer die A7 zwischen Hamburg und Hannover entlanggerescht, hat die Heide schnell durchquert, ohne es groß zu merken. Das Fahren über Land dauert viel, viel länger, und je schmaler die Seitenstraßen, je kleiner die Ortschaften werden, desto mehr fängt einen die Landschaft ein. Zwar hatte es echte Heideflächen wie die von Hermann Löns besungenen schon zu meiner Schulzeit nur noch hier und da gegeben, aber die sanft geschwungenen Wiesen und Äcker gab es nach wie vor, die verstreuten Waldstücke, die Gehöfte, die Dörfer mit ihren uralten Backsteinkirchen. Restlos verschwunden waren dagegen die bunten Blechschilder, die damals auf allen Scheunenwänden vor sich hingerostet und für *Maggi*, *Persil* und *Coca-Cola* Reklame gemacht hatten.

In der Gewissheit, dass Bruno sich in jedes erreichbare Tengeloher Sumpfloch stürzen werde, hatte ich den alten Kombi genommen. In dessen Kofferraum konnte der Hund nichts dreckiger machen, als es ohnehin schon war. Ansonsten war ich für meinen Ausflug nur mit Brieftasche, Sonnenbrille und Handy ausgerüstet. Einmal unterwegs, hatte ich es nicht eilig, ans Ziel zu kommen. Im Gegenteil – je weiter ich kam, desto langsamer wurde ich. Es zog mich einerseits an den Platz, den ich so lange gemieden hatte, andererseits hatte ich Angst vor der Ankunft. Vielleicht war Tengeloh ja gar nicht wiederzuerkennen, war zugewuchert von Fertighäusern und nostalgischen Doppelhaushälften mit Obi-Carports, in der Mitte nur noch eine kitschige Fußgängerzone, menschenleer wie so viele andere, weil die Supermärkte an den Einfallstraßen dem Ortskern alles Leben ausgesogen hatten. Der Gedanke, Tengeloh unverändert vorzufinden, war allerdings noch beklemmender – und am meisten grauste mir vor Brokheide selbst. Damals waren beim alljährlichen Ehemaligentreffen oft Leute mit Bauchansatz und Halbglatze in unseren Zimmern aufgetaucht, Ex-Heimbewohner, die uns aufgeregt erklärten, sie hätten als Schüler genau in dem oder jenem Bett geschlafen. Dann sahen sie uns erwartungsvoll an, als hätten sie uns Wunder was für eine Sensation enthüllt.

Jetzt war ich selber einer von den alten Idioten. Beim Gedanken daran kam mir das Leben wie ein Haus vor, in dem man von Raum zu Raum geht. Jedes Mal, wenn du einen neuen betreten hast, gibt es keinen Weg mehr zurück.

Immerhin sind die alten Zimmer noch da, manche liegen gleich nebenan. Hier und da kann man sogar noch einen Blick hineinwerfen – so wie es die Dickbäuche in Brokheide damals taten. Eine angenehmere Vorstellung immerhin als die, bereits halb im Grab zu liegen.

Das erste gelbe Hinweisschild: *Tengeloh*. Ich folgte ihm und wurde noch langsamer. Ein Traktor mit Güllehänger überholte mich, der Bauer sah im Vorüberfahren neugierig zu mir herunter. Bruno setzte sich auf und hechelte erwartungsvoll. Er deutete mein Getrödel als Zeichen eines unmittelbar bevorstehenden Spaziergangs. Um den Hund nicht unnötig nervös zu machen, gab ich mir einen Ruck und brachte die letzten Kilometer zügig hinter mich. Moorbostel, Haspeloh, Dalenhorst, mit jeder Ortschaft wurde die Gegend vertrauter.

Als ich die Abzweigung nach Brokheide erreichte, hatte ich Herzklopfen und feuchte Hände. Überraschenderweise war Tengeloh schon von der Kreuzung aus zu sehen; hinter der nächsten Kuppe ragten Dächer hervor, die es früher dort nicht gegeben hatte. Der geschnitzte Wegweiser, der einmal auf die Schule gedeutet hatte, war durch ein sachliches, weißes Blechschild ersetzt worden. Der Weg selbst schien irgendwie schmaler geworden zu sein. Bei seinem Anblick hatte ich das Gefühl, die Brust werde mir eng. Ich kurbelte das Seitenfenster runter und holte tief Luft. Mit laufendem Motor stand ich auf der Straße und konnte mich nicht entscheiden, was ich zuerst in Angriff nehmen sollte – Tengeloh oder Brokheide. Erst nachdem der erste Gemüselaster mit röhrendem Horn an mir vorbeigedonnert war, fasste ich mir ein Herz und bog ein.

Ein kurzes Stück sanft bergab, dann die kleine Brücke über die Bilse, dann links das Wäldchen mit dem Kriegerdenkmal.

Wieder leicht bergauf, rechts die dicht stehenden Bäume, die alles Dahinterliegende verbargen, dazwischen die einspurige Zufahrt. Sie war jetzt asphaltiert. Ich zögerte, dann gewährte ich mir noch einen Aufschub und fuhr daran vorbei, bis Kosankes Hof in Sicht kam. Die alten, uralten und neueren Gebäudeteile boten das gewohnt zusammengewürfelte Bild – Backsteine, Putz, Holz, Ziegel, Reet, Wellblech, trotzdem sah alles irgendwie anders aus. Die auffälligste Neuerung bestand in einem grellrosafarbenen Anstrich der Kneipenfassade, außerdem erschien der Parkplatz im Gegensatz zum Weg stark verbreitert.

Hinter einem Fenster im Erdgeschoss bewegte sich ein Vorhang. Ich wischte meine feuchten Hände an den Jeans ab. Keine Sau kennt dich hier, versuchte ich mir klarzumachen, du siehst völlig anders aus als damals!

So war es. Ich war fünfundzwanzig Jahre älter, und auf meinem Kopf wuchs so viel schwarze Wolle, dass ich sie im Nacken zu einem dicken Zopf zusammenbinden musste. Außerdem war ich schlanker und hatte breitere Schultern. Hoffte ich doch. Auf jeden Fall war ich ein Fremder. Entschlossen stieg ich aus und öffnete Bruno die Heckklappe. Er prüfte kurz das Terrain und hob das Bein an den wichtigsten Ecken, ich reckte meine steifen Glieder. Dann probierte ich die Türklinke. Die Kneipe war tatsächlich geöffnet. Bruno drängte sich neben mir ins Innere.

Kein Gast war zu sehen, aber ich hatte nicht mal die Zeit, einen Eindruck davon zu gewinnen, was sich drinnen verändert hatte, als auch schon Kosanke erschien. Er war es wirklich. Er spähte aus der Küche hinter dem Tresen, als müsse er immer noch wie ein Luchs aufpassen, dass keine Aschenbecher geklaut würden. Sein Gesicht sah aus wie ein fleckiger Dörrapfel.

Er trat hinter die Theke, stützte die langen Affenarme darauf, die argwöhnischen Augen musterten mich, dann sagte er: »Der Köter bleibt draußen, Nickel.«

* * *

Der erste Schultag begann mit einer Andacht in der Aula. Ein Schüler der Mittelstufe trottete vorn ans Rednerpult und las den Text aus einem Buch vor. Das Gleichnis drehte sich um einen Hefeteig, der sich partout nicht kneten lassen wollte, weshalb er denn auch nicht aufging und schließlich verdarb. Hätte er sich willig vom Bäcker walken lassen, wäre ein duftendes Brot aus ihm geworden. Wie der Bäcker aus dem Teig, vernahm ich weiter, wolle auch Gott aus *mir* etwas Anständiges machen. Das könne ihm jedoch nur gelingen, wenn ich mich bereitwillig in seine Hand gäbe. »Gib dich in des Herrn Hand«, lautete die Botschaft, »und lass dich zu deinem eigenen Besten von ihm formen, auf dass etwas Gottgefälliges aus dir werde.«

Aus Papas Bestattungsinstitut waren mir fromme Töne vertraut. Ich stand verschlafen inmitten all der fremden Schüler, hörte nur mit halbem Ohr zu und beobachtete, wie sich die Sonne träge in den Raum vortastete, bis sie auf das Klavier neben dem Rednerpult fiel. Dann wurde wieder gesungen.

Die Schule erwies sich als nicht ganz so schlimm, wie ich befürchtet hatte. In den meisten Fächern war die neue Klasse mit dem Stoff hinter meiner alten zurück, sodass mir einiges vage bekannt vorkam. Die Atmosphäre war kühl, doch weder der Toni noch einer der anderen Lehrer wirkte annähernd so gefährlich wie Himmler oder der Chef. Ich blieb still und reserviert in meinem Schneckenhaus und beobachtete die gesenkten Köpfe und die Eilfertigkeit meiner Mitschüler mit wachsender Verachtung.

Nach dem Unterricht erhielten Nolli und Rolli die großzügige Erlaubnis, mich durch die Schule zu führen. Der zweistöckige Altbau war mit mehreren neuen Trakten verbunden; einer davon eine Turnhalle, ein anderer ein lang gestrecktes Gebäude, dessen Untergeschoss nichts barg als eine lange Reihe von winzigen Räumen, die alle auf einen langen Flur hinausgingen. Sie hießen Musikzellen, in jeder stand ein Klavier. Eine dieser Zellen war abgeschlossen.

»Was da drin ist, weiß keiner«, sagte Rolli, »da hat noch nie einer reingedurft.«

Auf das Mittagessen folgten zwei Stunden »Silentium«, in denen die Hausaufgaben zu erledigen waren. Gutheinrich, der bärtige Erzieher, patrouillierte auf leisen Sohlen in den Gängen auf und ab. Die Friedhofsruhe im Haus war aber weniger auf seine Präsenz zurückzuführen als auf die allgemeine Angst vor Himmler. Zum Glück ließ sich dieser nicht sehen.

Schlag vier brandete der Lärm wieder auf. Nolli und Rolli nahmen mich unter ihre Fittiche und machten sich mit mir auf den Weg nach Tengeloh. Sobald Brokheide außer Sicht war, fiel die Unschuldsmiene von ihnen ab. Rolli steckte sich eine *Reval* an, Nolli rauchte *Atika*. Ich ließ mir eine von Nolli geben. Wir liefen nicht die Straße entlang, sondern quer über die Felder.

»Trampen geht auch«, sagte Rolli, »aber du darfst natürlich keinen Lehrer anhalten. Ein Lehrerauto musst du schon von Weitem erkennen, und dann musst du blitzartig hintern Baum springen oder in den Graben, sonst kannst du gleich deine Sachen packen.«

Ich stieß abfällig die Luft aus. Die beiden sahen einander an. »Wieso bist du eigentlich in Brokheide?«, wollte Nolli wissen.

Ich hatte keine Lust, mich aushorchen zu lassen, erzählte nur das Nötigste und lenkte das Gespräch auf meine Musik. Es dauerte nicht lange und wir diskutierten, wer besser sei, die Beatles oder die Stones. Mein Fachwissen machte Eindruck, schien mir. Wir waren schon zwischen den ersten Häusern von Tengeloh, als ich merkte, dass ich der Einzige war, der noch sprach. Rolli und Nolli hörten gar nicht mehr zu.

Der Ort erwies sich als klein und nett. Es gab die üblichen Läden, Kaufmann, Bäcker, Metzger und so weiter, ein Postamt, eine Apotheke, einen Arzt und ein paar Kneipen. Ich sagte: »Mann, das ist ja der Arsch der Welt hier!«

Nolli und Rolli steuerten auf den *Heidkrug* zu. Nolli zeigte die Straße hinunter: »Der Friseur ist da vorne.«

Ich zuckte die Achseln und ging weiter, ohne die Richtung zu ändern.

Nolli blieb stehen: »Ich meine – willst du nicht …?«

»Was?« Ich starrte ihn wütend an. »Bist du bescheuert?«

Wieder tauschten die beiden einen Blick. Meinetwegen. Sollten sie denken, was sie wollten. Ich hatte mit meinen Eltern bis aufs Blut um meine Mähne gekämpft, ich hatte mich durchgesetzt, und ich hatte nicht vor, jemals im Leben klein beizugeben. Wir gingen also zusammen ein Bier trinken. Ich kaufte mir ein Päckchen *Ernte 23*, wir qualmten, aber es wollte keine richtige Unterhaltung mehr in Gang kommen. Auf dem Rückweg ließ ich die beiden vorausgehen und bummelte hinterher.

Das folgende Abendessen sollte ich nie vergessen. Es begann damit, dass ich Himmlers Brille blitzen sah, als ich ihm beim Betreten des Speisesaals auswich. Er hatte mich bemerkt, verzog aber keine Miene. Als Nächstes sah ich, dass auch der Chef da war; er stand mit dem Rücken zum Saal in der Rednerecke und blickte aus dem Fenster. Erst als wir uns gesetzt hatten, drehte er sich um. Alle sahen ihn an, niemand aß, niemand rührte sich. Ich schob meinen Stuhl ein wenig zurück, um mich hinter Nolli unsichtbar zu machen.

Der Chef wartete, bis kein Laut mehr zu hören war, dann erst sprach er. »Wie ihr wisst, bietet euch Brokheide tagaus, tagein vorzügliche Kost. Frau Krüger, unsere Küchenchefin, kauft ausnahmslos hochwertige, gesunde Lebensmittel ein und verkocht sie zu Gerichten, an denen nichts, aber auch nicht das Geringste auszusetzen ist – weder was die Qualität, noch gar …«, er fasste einen Primanertisch ins Auge, »noch gar, was den Geschmack betrifft. Und dennoch …«, er trat einen Schritt vor und wurde lauter, »dennoch haben sich im letzten Halbjahr einige von euch bemüßigt gefühlt, *Gewürze* in den Speisesaal mitzubringen. Eine Taktlosigkeit sondergleichen – gegenüber Frau Krüger, gegenüber der Küche, gegenüber diesem ganzen Hause! Nun …« – er wurde wieder leiser – »ich habe diese Unsitte bereits vor den Ferien gerügt, und ich habe sie laut und deutlich untersagt. Nicht wahr?« Er fixierte einen der Primaner, der blass wurde. »Trifft das zu, Tesdorff?«

Der Angesprochene öffnete den Mund zu einem lautlosen Ja und nickte. Der Chef machte drei rasche Schritte auf ihn zu, riss einen Gegenstand vom Tisch und hielt ihn für alle sichtbar hoch: »Was, bitte sehr, ist das hier, Tesdorff?«

Tesdorff flüsterte: »Meine … meine Serviette … meine Serviettentasche.«

Der Chef hielt das Ding mit spitzen Fingern und schüttelte es, erst langsam, dann heftiger. Eine Serviette fiel heraus, dann ein Salzstreuer und ein Pfefferstreuer.

Tesdorff hob abwehrend die Hände, doch der Chef war bereits dabei, den Tisch zu umrunden und weitere Serviettentaschen einzusammeln. Er schüttelte sie wütend mit beiden Händen und ließ Gewürzstreuer umherfliegen, sein Gesicht war dunkelrot, nur die Schmisse blieben weiß. »Sie, meine Herren, wollen demnächst die Reifeprüfung ablegen?« Die Stimme troff vor Hohn. »Würden Sie es für reif erachten, wenn ein geladener Gast zu einem Souper erschiene und bei Tisch vor den Augen der Gastgeberin Salz und Pfeffer aus der Tasche zöge?«

Die Primaner saßen wie versteinert. Der Chef warf die leeren Hüllen auf den Tisch. »*Sie* wollen das Abitur machen? Abiturium, meine Herrschaften, bedeutet zwar Abgang, aber machen Sie sich bitte klar: Abgang bedeutet nicht notwendigerweise Abitur! Richten Sie sich auf ein Nachspiel ein.«

Er nickte Himmler zu und verließ den Raum. Es dauerte eine lähmende Weile, bis ein Raunen durch den Saal ging, und noch länger, bis die ersten zögernd nach den Schüsseln langten. Ich konnte den Blick nicht vom Tisch der Primaner wenden. Die in meinen Augen erwachsenen Männer, deren lässiges, überlegenes Auftreten ich bewundert hatte, waren blass und stumm, erniedrigt und geduckt. Tesdorff war anzusehen, dass er nur mit großer Mühe die Tränen zurückhielt. Die sonst so lauten Tischgespräche blieben während des ganzen Essens rundum gedämpft.

Ich war froh, als es vorbei war und ich mich der drückenden Atmosphäre entziehen konnte. Den anderen ging es genauso, alle hatten es eilig, nach draußen zu kommen. Himmler stand am Fuß der großen Treppe. An seinem Gesicht konnte ich nichts ablesen, doch die Mädchen, die neben mir liefen, wussten seinen Ausdruck offenbar zu deuten. Im Augenwinkel nahm ich wahr, dass sie erschrocken auf Abstand zu mir gingen. Ich sah die Hand nicht einmal, so unvermittelt kam sie, und die Ohrfeige war so heftig, dass ich in einem weißen Blitz rückwärts gegen die Wand fiel. Die Zigaretten aus meiner Brusttasche flogen in eine Richtung, das Gesangbuch in die andere.

»Zum Chef, Nickel«, sagte Himmler.

* * *

Kosankes Begrüßung war ein Schock. Ich wünschte, ich wäre mit dem Porsche vorgefahren und nicht mit dem dreckigen, alten Kombi. Gleichzeitig ärgerte ich mich über meinen Wunsch. Hatte ich es nötig, ausgerechnet auf das alte Stinktier Eindruck zu machen? »Sie haben sich kein bisschen verändert, Herr Kosanke«, sagte ich und wies boshaft auf die leeren Tische: »Gar keine Gäste? Nicht mal Schüler da?«

»Ferien, Nickel, schon mal was von Ferien jehört?«

Ferien! Das erleichterte mich. Ich hatte mir bereits vorgestellt, wie ein Dinosaurier durchs junge Gemüse stolpern und mich begaffen lassen zu müssen. Ich nickte Kosanke zu, bugsierte Bruno ins Freie und band ihn am Fahrradständer fest, dann ging ich wieder hinein und sagte: »Eier mit Schinken und eine Kanne Kaffee, bitte.«

»Hast' Jeld?« Sein ostpreußischer Akzent war unverändert, und seine Miene schloss die Möglichkeit aus, die Frage könne etwa als Witz gemeint sein.

»Sie sind tatsächlich ganz der alte.« Ich wurde ernst. »Aber ich nicht. Und noch was: Wenn ich Schinken sage, meine ich auch Schinken. Schinken, nicht etwa knorpeligen Speck.«

Er verschwand in die Küche.

Ich setzte mich, sah mich um und versuchte, mich an die Einrichtung zu erinnern. Wahrscheinlich war sie neu, denn nichts kam mir vertraut vor. Ich war gleichzeitig enttäuscht darüber und dankbar dafür. Während ich aufs Essen wartete, begann Bruno draußen auf die für ihn typische Weise zum Ausdruck zu bringen, dass die Situation nicht seine Billigung fand. Er ließ alle acht Sekunden ein mächtiges Wuff hören. Es war die Lautstärke, aber noch mehr die Regelmäßigkeit, die einem den Nerv tötete. Den schrillen Schleifgeräuschen nach zu urteilen, suchte er obendrein einen neuen Standort für den Fahrradständer. Kosanke tauchte im Türrahmen auf. Hinter ihm hörte man es brutzeln. Er deutete mit dem Finger an die Decke und sagte vorwurfsvoll: »Das Jebell muss aufhören, ich hab Hausjäste!«

Ich glaubte kein Wort, trotzdem holte ich Bruno wieder rein und ließ ihn unterm Tisch Platz nehmen.

Kosanke kam mit dem Frühstückstablett. Die Haut an seinen Händen war genauso verschrumpelt wie sein Gesicht. Er stieg umständlich über den buschigen Hundeschwanz, sagte aber nichts weiter, sondern verzog sich wieder hinter den Tresen. Dort stützte er die langen Arme auf und sah mir beim Essen zu. »Is'n janz scheener Hund, eijentlich.«

Ich putzte die Gabelzinken mit der Papierserviette und hielt sie prüfend ans Licht.

Kosanke schien nichts dabei zu finden. »Sind scheene Hunde. Ich hab bloß immer jedacht, die Sorte jäbs nur in Schwarz.«

»Gibt auch braune.«

Er griff nach einem Lappen und tat, als entferne er einen Fleck von der Theke. »Bist nie wieder hier jewesen, was?«

Ich nickte nur.

»Und wieso nu plötzlich doch?«

Ich stocherte auf meinem Teller herum.

»Willst' auf die Beerdigung vom Lütjens? Da kommst' leider zu spät.«

»Lütjens?«

»Lütjens! Der war doch einer von euch damals, oder nich?«

In meiner Klasse war ein Lütjens gewesen. Kein Heimschüler, sondern ein Externer aus Tengeloh. Älter als wir anderen, weil er sitzen geblieben war. »Der ist tot?«

»Weißt' das jar nich? Den hamse hinten in der Tengeloher Kiesgrube jefunden, is beim Joggen da reinjerutscht und im Schmadder ersoffen. Letzte Woche ham se'n beerdigt.« Er sprach das Joggen deutsch aus, wie Joppe.

Ich sah von meinem Teller auf. »Jan Lütjens – der Sohn vom Apotheker.«

»Jenau. War selber auch Apotheker. Im Laden vom Alten.«

»Ach, den Alten gibt's noch?«

»I wo. Den jibt's auch nich mehr, der is schon vor paar Wochen jestorben. Is nich mal siebzich jeworden.«

Das picklige Gesicht des Apothekerssohnes war mir in Erinnerung. Seine Schwester Claudia war ein aufregendes Mädchen gewesen. »Was ist denn mit der Tochter? Gibt's die noch?«

»Weiß ich nich. Wenn ich wissen wollt, was aus sämtlichen jungen Menschen jeworden is, die hier mal jewesen sind, denn bräucht ich'n Kopp wie'n Rathaus. Das von den beiden Lütjensmännern weiß ich bloß, weil ich in der Apotheke immer meine Pillen jekauft hab. Außerdem hat die Zeitung drüber jeschrieben. In der Todesanzeige vom Alten hat jestanden: *nach kurzer, schwerer Krankheit.* Und über den Jungen hat's jeheißen: *Tragischer Unfall in der Kiesgrube.*«

Ob es am knorpeligen Speck lag oder daran, dass mein hygienisches Empfinden nicht mehr so robust war wie vor fünfundzwanzig Jahren, mir war der Appetit vergangen. Ich schob den Teller zurück, zahlte und machte mich auf den Weg zur Schule.

Ich hatte mich innerlich gerüstet, aber als die ersten Gebäude zwischen den Bäumen zum Vorschein kamen, wühlte mir der Anblick doch die Eingeweide um. Anders als bei Kosanke war hier alles gleichgeblieben. Ich ließ das Mädchenheim links liegen, ging quer über den Rasenvorplatz des alten Schulhauses und stieg die Stufen zum Haupteingang hinauf. Er war verschlossen. Wieder war ich enttäuscht und erleichtert zugleich. Ich war froh, dass ich Bruno dabeihatte, einen Beweis meines gegenwärtigen, wahren Lebens. Er lief auf und ab und hob überall geschäftig das Bein. Der Nebeneingang zum Musikzellentrakt war ebenfalls abgeschlossen. Ich ging außen herum und spähte in die Fenster. Die Klaviere waren fort, stattdessen standen Tische und Bücherregale in den Räumen. Bestimmt Arbeitsplätze für Oberstufler. Dann das alte Jungenheim. Auch hier alles verriegelt; demnach gab es in Brokheide keine Stipendiaten mehr, die in den Ferien mangels Heimfahrmöglichkeit dableiben mussten. Hinter den Speisesaalfenstern standen die Tische noch genauso, wie sie immer gestanden hatten.

Schließlich ging ich den Weg zurück zum Mädchenheim, einem einfachen Jugendstilbau. Ich hatte nie einen Fuß hineingesetzt, deshalb berührte mich sein Anblick nicht so wie jener der anderen Häuser. Eine Weile stand ich verloren davor, meine Gedanken irgendwo im Niemandsland zwischen Gegenwart und Vergangenheit. Mein Handy piepte.

»Hier ist der Rainer! Wie sieht's aus, Paul? Kommst du voran?«

Rainer Menges! Ich ließ das Herzchen in meiner Jackentasche los und riss mich zusammen. »Äh … ja! Natürlich! Dauert halt nur seine Zeit. Ich denke, morgen oder spätestens übermorgen hab ich bestimmt …«

»Gut, lass uns aber nicht hängen! Ich verlass mich drauf. Hier sitzt ein Haufen von teuren Musikern rum und wartet auf Arbeit!«

Schlagartig war ich im Hier und Jetzt. Ich schwor Menges einen Sack heiliger Eide und war dabei schon wieder im Laufschritt auf dem Weg zum Auto. Bruno sprang derweil freudig an mir hoch. Er war immer froh, wenn es losging – egal wohin. Erst als wir im Wagen saßen und der Motor bereits lief, wurde mir klar, dass ich mich albern benahm. Natürlich konnte ich auf schnellstem Wege nach Hause hetzen und mich auf die Arbeit werfen – aber dann hätte ich auch gar nicht erst herzufahren brauchen. Und ich war entschieden nicht der Typ, der aus purer Gefühlsduselei Zeit und Geld für blödsinnige Ausflüge verplemperte. Ich war hier, um zu klären, was es mit dem kleinen Goldherzen auf sich hatte. Punkt. Gar keine Frage, was meine nächste Anlaufstelle sein musste. Ich gab Gas.

In Tengeloh verkniff ich mir jede rührselige Anwandlung. Der Ort war sowieso kaum wiederzuerkennen. Schön, der *Heidkrug* war noch da, die Backsteinkirche, der kleine, gepflasterte Platz mit den Linden und den Läden drum herum, dem Bäcker und dem Fischgeschäft und so weiter, aber ansonsten war es ein stinknormales Heidekaff wie jedes andere. Ich stellte den Kombi im Parkverbot ab, drehte für Bruno die rückwärtigen Fenster ein Stück runter und machte mich auf die Suche nach dem Juwelier Gotthold. Gleich der erste Passant, den ich fragte, lachte blöd und zeigte mit dem Finger auf den Laden direkt vor meiner Nase. Drinnen begrüßte mich ein freundlicher Mann, den es nicht zu stören schien, dass ich nicht wie ein potenzieller Juwelenkunde aussah. Ich beschrieb ihm mein Anliegen und zeigte ihm das Schächtelchen.

»Ja«, sagte er spontan, »das ist von uns«, und wies auf den Aufdruck. »Steht ja drauf. Aber dies hier …«, er hielt das Herz am Rest des Kettchens hoch, »ich weiß nicht, nee. Nee, das glaub ich nicht. Moment, warten Sie einen Augenblick.« Er ging einige Schritte nach hinten und rief: »Luise, komm doch mal eben!« Zu mir sagte er: »Meine Frau wirft auch schnell einen Blick drauf.«

»Der Herr«, erklärte er ihr, »sucht die Herkunft von dem Stück hier. Es war wohl in der Schachtel, aber meiner Meinung nach ist es trotzdem nicht von uns. Was sagst du?«

Luise war ebenso zuvorkommend wie ihr Mann. Sie inspizierte das Herzchen eingehend. Schließlich sagte sie: »Ja, nee, das tut mir nun leid, aber das ist bestimmt nicht von uns. Wissen Sie, das ist Handarbeit.« Sie streckte erschrocken einen Arm aus: »Nicht, dass Sie denken, wir hätten nur Massenware, Gott bewahre! Wir haben viele, viele Einzelstücke! Nur – das hier ist nicht von uns, ganz bestimmt nicht. Sehen Sie bloß mal die Gravur. Unsere Gravuren sehen ganz anders aus. Schade. Wenn sie von uns wär, könnte ich Ihnen vielleicht weiterhelfen, aber so …« Sie legte die Hände zusammen und neigte mitfühlend den Kopf.

Ihr Mann nickte: »So ist das wohl.« Er tat das Herz sorgsam in die Schachtel zurück und sagte tröstend, wobei er auf den Deckel klopfte: »Aber die Schatulle, die ist von uns.«

Draußen schlenderte ich zwei Schaufenster weiter, um nicht direkt vor dem Juwelierladen Wurzeln zu schlagen. Ich musste nachdenken. Ich wusste weder, wer mir das kleine Herz geschickt hatte, noch warum. Ich konnte nicht mal sicher sein, dass die Initialen darauf wirklich zu derselben DS gehörten, die mir im Kopf herumging. Dafür sprach allerdings einiges, auch wenn das Herz nicht von diesem Juwelier war. Der Absender musste schließlich irgendeine Verbindung zu Tengeloh haben. Es war möglich, dass er das Gotthold-Schächtelchen nur zufällig zur Hand gehabt und als willkommene Verpackung benutzt hatte, doch wahrscheinlicher war es, dass er den Hinweis bewusst gewählt hatte, um meine Gedanken auf diese eine, bestimmte Person zu lenken. Aber wie sollte ich die finden? Und wollte ich das überhaupt?

Klar willst du das, Nickel, sentimentaler Esel! Wieso bist du sonst hier?

Also gut. Was konnte ich tun? Konnte ich ihr über die Schule auf die Spur kommen? Nein, woher sollten die dort ihren Aufenthaltsort kennen. Wenn es in Brokheide noch irgendwelche Unterlagen über sie gab, dann höchstens ihr Abgangszeugnis. Aber nach so vielen Jahren war nicht mal damit zu rechnen. Außerdem würde kein Sekretariat solche persönlichen Informationen rausrücken. Schon gar kein geschlossenes.

Mir fiel auf, dass ich vor einem Unterbekleidungsgeschäft stand und mir die ganze Zeit völlig abwesend das Bild eines jungen Mannes in Unterhosen angesehen hatte. Er hatte seine Muskeln eingeölt und sah mir verführerisch in die Augen, während mich sein Tanga leuchtend gelb auf sein Gemächt aufmerksam zu machen suchte.

Ich wandte mich ab und wechselte die Straßenseite. Das sollte mich auch im übertragenen Sinne einen entscheidenden Schritt weiterbringen, denn ich landete direkt vor der Löns-Apotheke. *Wegen Trauerfalles geschlossen* stand an der Tür. Die eigentliche Entdeckung hing im selben Eingang an der Wand daneben; ein Schild, bei dessen Anblick ich einige Sekunden brauchte, um vollständig zu begreifen, was es bedeutete. Die Aufschrift lautete:

Dr. med. Gerhard Noll
Facharzt für Allgemeinmedizin
Mo., Di., Do.: 8.00 - 12.00 Uhr und 15.00 - 18.00 Uhr
Mi. + Fr.: 8.00 - 14.00 Uhr

Tengeloh war der letzte Ort, an dem ich Nolli vermutet hätte. Dass er es geschafft hatte, Medizin zu studieren und eine Praxis zu gründen, überraschte mich weniger. Der Türsummer reagierte, kaum dass ich auf den Klingelknopf gedrückt hatte. Im Treppenhaus kam mir ein junger Kerl entgegengepoltert, einer von denen, die aus jeder Pore Gesundheit, Energie und Optimismus verströmen. Ich nahm meinerseits die Stufen bewusst elastisch und nickte ihm zu, als er mir »Guten Tag« wünschte.

Irgendwas muss er ja haben, tröstete ich mich, sonst wär er nicht beim Arzt gewesen.

In der ersten Etage hing ein weiteres Schild mit der Aufschrift *Dr. med. Gerhard Noll*. Auch hier reagierte der Öffner automatisch auf mein Klingeln. In der Anmeldung war niemand. Nur das kaum wahrnehmbare Summen der Deckenbeleuchtung war zu hören. Helle Räume, viel Weiß, an den Wänden Blumenbilder und Heideansichten. Ich trat an den Tresen. Durch die Jalousette am Fenster konnte ich die Straße sehen, den Juwelierladen und zwei Häuser weiter das Schaufenster mit dem Schlüpfermodel. Neben der Anmeldung lag ein kleines Labor, gegenüber eine Milchglastür mit dem Hinweis *Wartezimmer*. Ich öffnete sie und schloss sie rasch wieder: Der Raum war trotz der feierlichen Stille rappelvoll.

»Kann ich Ihnen helfen?« Ein Mädel im weißen Kittel hatte die Anmeldung besetzt.

Hinter mir klappte fast gleichzeitig eine weitere Tür, und eine Stimme sagte: »Mit dem Rezept müssen Sie leider nach Dalenhorst, unsere Apotheke ist ja vorerst noch zu. Haben Sie jemanden, der Sie fährt?«

»Mein Mann fährt mich«, sagte ein fülliges Mütterchen, »vielen Dank, Herr Doktor.«

»Keine Ursache.« Der Arzt wandte sich zu mir um, sah mich fragend an, und sein Unterkiefer fiel herunter.

»Du hast dir die Zähne machen lassen!«, hörte ich mich selbst sagen.

Nach fünfundzwanzig Jahren war das wohl die dämlichste Begrüßung, die mir einfallen konnte. Er war älter, trug eine Brille, seine Stirn war um einiges höher geworden und so weiter, aber das Fehlen des schwarzen Zahnes war es, was mir am meisten ins Auge stach. Ich war wie hypnotisiert.

Nollis Reaktion bewies, dass sich an seinem trockenen Wesen wenig geändert hatte: Er griff wortlos mit Daumen und Zeigefinger nach seinen Schneidezähnen und nahm sie heraus.

Ich wedelte entschuldigend mit den Armen und sagte: »Tut mir leid, tut mir leid! Ich bin ein bisschen … bewegt, weißt du.«

Er schob die Prothese wieder an Ort und Stelle. »Paul, Paul, Paul – wo bist du nur in all den Jahren gewesen?!« Er griff mit beiden Händen nach meiner Rechten und schüttelte sie. Ungeachtet seiner vorwurfsvollen Frage hatte das lange Gesicht zu strahlen begonnen. »Du musst mir sofort …« – seine Miene verdüsterte sich wieder, er warf einen Blick auf das Wartezimmer und senkte die Stimme: »Mist, nicht jetzt natürlich! Egal, komm erst mal kurz hier rein.« Zu der Arzthelferin in der Anmeldung sagte er: »Halten sie mir mal zehn Minuten den Rücken frei, Nicole, ja? Und sagen Sie meiner Frau Bescheid, wir haben Besuch!« Er schob mich ins Sprechzimmer und drückte mich auf einen Stuhl. »Du siehst gut aus! Wie geht's dir? Seit wann bist du hier? Wie lange bleibst du?«

Und dann kam eine Frage, die mich umhaute: »Wie geht's Doro?«

* * *

Ich schämte mich so dermaßen, dass ich mir am liebsten einen Sack über den Kopf gezogen hätte. Dass alle anderen ebenso kurzgeschoren waren wie ich, machte die Sache kein bisschen leichter. Ich fühlte mich nackt, gedemütigt, unbeschreiblich hässlich, und was am schlimmsten war: Das kleine bisschen Nähe, das winzige bisschen Zugehörigkeitsgefühl zu meinen Idolen, das mir den Rücken gestärkt hatte, war dahin. Ich war ein Nichts. Der erbärmlichste Augenblick kam beim Abendessen, als nicht nur das ganze Jungenheim, sondern vor allem das Mädchenheim über mich lachte. Wenigstens bildete ich mir das ein.

Doro streckte mir die Hand über den Tisch, drückte meine und sagte leise: »Du, ich find's gar nicht so schlimm. Du siehst doch gut aus.«

Ich musste die Augen fest zusammenkneifen, um keine Tränen rauszulassen.

Auch Rolli neben mir machte Anstalten, mich aufzumuntern, bis Nolli sagte: »Lasst ihn in Ruhe, Leute. Geht ihm nicht auf die Eier.«

Danach zog ich mich völlig zurück. Morgens in der Klasse machte ich mich nahezu unsichtbar, nachmittags lief ich kilometerweit ziellos durch den Wald und schlug große Bögen, sobald ich Gefahr lief, irgendwem zu begegnen. Oft lag ich auch reglos auf dem Bett, stierte die Decke an oder pellte Hautreste von meinen Fingerkuppen, bis die Schwielen endgültig verschwunden waren. Meine Zimmergenossen gewöhnten sich daran zu vergessen, dass ich da war.

Außer Armin. Er hatte zuvor schon gern den unglücklichen Rebelein drangsaliert, nun geriet auch ich in sein Visier. Armin gehörte zu den humorigen Sadisten, die in der Gemeinschaftsdusche ihr nasses Handtuch zusammenrollten und vor Freude johlten, wenn sie es schafften, einem damit so fest auf den Hintern zu klatschen, dass man vor Schmerzen schrie. Ein anderes Lieblingsspiel ging so: Er baute sich vor mir auf, zeigte mir eine seiner Schinkenfäuste und sagte: »Guck mal, Dicker, ich hab was für dich!« Dann öffnete er die Hand unmittelbar unter meiner Nase und konnte sich vor Freude kaum einkriegen, wenn ich würgend ans Fenster stürzte: Er hatte vorher tief in seiner Arschfalte einen Furz eingefangen. Nicht minder unangenehm war sein Toter-Mann-Trick. Er schlang einem auf dem Schulhof einen Arm von hinten um den Hals und quetschte ihn so zusammen, dass die Blutzufuhr zum Gehirn unterbrochen wurde, dann ließ er das Opfer als ohnmächtigen Sack zu Boden gleiten. Beim Erwachen fand man sich unter seinen neugierigen Augen wieder wie eine Laborratte.

Frau Bozetti, die energische Musik- und Deutschlehrerin, unterband die Versuchsreihe, nachdem sie das Experiment während der Pause mehrmals mitangesehen hatte: »Hör jetzt mit dem Quatsch auf, Witte! du wirst noch einen umbringen!«

Armin hatte jedoch ständig neue Ideen. Einmal warf er mir nach dem Essen eine leere Soßenschüssel zu, die ich automatisch auffing und zurückwarf. Im selben Moment steckte er beide Hände in die Hosentaschen und stieß einen erschrockenen Schrei aus, sodass der ganze Speisesaal sich nach mir umdrehte, während das Porzellan durch die Luft flog, um vor Himmlers Füßen zu zerklirren.

Das Einzige, was Armins Vergnügen schmälerte, war meine Passivität. Es hätte ihm gefallen, ohnmächtige Gegenwehr und Wut verspotten zu können, doch Wut und Gewaltreaktionen fanden ausschließlich in meiner Phantasie statt. Dort allerdings in bedenklichem Ausmaß. Ich verbrachte viel Zeit damit, mir vorzustellen, wie ich seine Kehle zudrückte, bis ihm die Augäpfel aus dem Kopf quollen wie Luftballons, ich schubste ihn in Kosankes Jauchegrube, ließ ihn um Hilfe schreien, um Gnade winseln und gurgelnd ersaufen, ich begrub ihn lebendig in einem von Papas billigsten Särgen, ich ließ ihn von hysterisch kreischenden Fans niederwalzen und zu Brei treten, während ich selbst auf der Bühne höhnisch dazu lachte. Mit Himmler und dem Chef machte ich, nebenbei, noch ganz andere Sachen. (Und mit einigen der Mädchen wieder andere.)

Gegen Ende des Jahres, als es nachts saukalt wurde, machte Armin eine neue Erfindung. Er nannte sie »Reise nach Sibirien«. Anders als bei der Reise nach Jerusalem ging es dabei nicht um einen fehlenden Stuhl, sondern um eine fehlendes Federbett. Armin wartete, bis Dietz, der Bulle im Bett unter ihm, eingeschlafen war, dann riss er ihm die Decke weg, zog sie zu sich hoch und erklärte, er werde sie nur im Wechsel gegen eine andere wieder rausrücken. Nach kurzem Gerangel musste Dietz einsehen, dass er gegen den Hagel von Armins Fußtritten nichts ausrichten konnte, bediente sich beim Nächstbesten und tauschte die eigene Decke zurück. Damit war das Spiel in Gang, und Armin genoss hingerissen jede Prügelei und jedes Zähneklappern. Mir kam zunächst der Umstand zugute, dass ich mich so lange abgesondert hatte, und ich wurde in Ruhe gelassen. Irgendwann war aber der Punkt erreicht, an dem der Schwächste, nämlich Rebelein, kein anderes Opfer mehr überwältigen konnte. Nachdem er eine Zeit lang bitterlich gefroren hatte, kam er bibbernd zu mir und zog an meinem Deckbett, seine Miene ein einziges Flehen um Vergebung. Ich ließ ihn gewähren. Ich hatte mir nämlich fest vorgenommen, lieber zu erfrieren als mich an dem schwachsinnigen Handgemenge zu beteiligen. Die Kälte wurde ein harter Prüfstein. Ich schauderte, ich schlotterte, ich erstarrte, aber ich rührte mich nicht vom

Fleck. Dies war meine Chance. Ich würde mit einer Lungenentzündung in der Krankenstube landen, die Ärzte würden um mein Leben ringen, und Armin, die blöde Sau, würde von der Schule fliegen und künftig bei seinem Alten Schrott sortieren dürfen.

»Jetzt gib ihm schon das Scheißdeckbett wieder«, hörte ich nach einer Weile Nollis Stimme in der Dunkelheit. »Er ist bestimmt schon ganz blau!« Armin kicherte entzückt. Nolli seufzte, stand auf und warf mir seine warme Decke über. Dann stieg er einfach zu Rolli ins Bett, ohne dessen Proteste zu beachten. Das Spiel war beendet.

Als Gutheinrich am nächsten Morgen zum Wecken ins Zimmer kam und Licht machte, lagen Nolli und Rolli immer noch gemeinsam da, einer mit den Füßen am Kopfende des anderen. Der Erzieher sagte nichts, doch sein Gesicht sprach Bände. Dank Armins reger Öffentlichkeitsarbeit waren die beiden vom Frühstück an als »warme Brüder« und »Hundertfünfundsiebziger« Schulgespräch. Rolli reagierte mit Gift und Galle, Nolli tat, als sei er taub. In der dritten Stunde wurden sie von der Schulsekretärin aus dem Unterricht geholt und mussten zum Chef.

Zehn Minuten später war Armin dran, dann ich. Die Absätze der Sekretärin klapperten auf den Fliesen, sie ging mit schnellen, kleinen Schritten voraus, ohne sich umzusehen. Unterhalb ihres grauen Haarknotens hatte sie ein großes Muttermal am Hals, das sich wahrscheinlich alle Delinquenten ansahen, die von ihr zur Inquisition geführt wurden.

Der Chef saß hinter seinem Schreibtisch, beide Hände auf der Tischplatte. Sein Kopf war rot, die Schmisse weiß. Himmler hatte sich einen Besucherstuhl genommen, die armen Sünder standen. Ich bekam keine Frage gestellt, sondern wurde vom Chef mit einer barschen Handbewegung zum

Reden aufgefordert. Während ich berichtete, stierte er mich unentwegt an. Als ich fertig war, schüttelte er ungläubig den Kopf und ließ auch noch den Rest der Zimmerbelegschaft rufen. Der Einzige, der behauptete, geschlafen zu haben und von nichts zu wissen, war Rebelein, dabei schrie jeder seiner kriecherischen Seitenblicke auf Armin laut heraus, dass er log – der letzte Beweis für den Chef, dass wir ein durch und durch verkommener Haufen seien. Er verhängte drei Wochen Heimarrest für alle und erklärte, er werde unsere Eltern über den Vorfall unterrichten. Danach werde er weitersehen. Sein letztes, angeekeltes Wort war: »Hinaus!«

* * *

Es war nicht so, dass meine Eltern mir nicht glaubten. Sie waren vielmehr entsetzt. Aber sie sahen keinen Ausweg. Meine Mutter saß mit feuchten Augen und Herzklabastern da und sagte gar nichts, mein Vater beschwor mich: »Du musst versuchen, möglichst nicht aufzufallen, Junge, so kommt man am besten durch, glaub's mir!« Er spürte, dass es mein tiefster Wunsch war, mich von der Masse abzuheben und laute, rebellische Töne anzuschlagen.

Die Hoffnung, irgendwann meine Gitarre wiederzukriegen, konnte ich begraben. Ich verstummte vollends. Meinen Pflichten ging ich mechanisch nach, in meinem Innern schürte ich die Wut und den schwelenden Aufruhr. Die schwachen Glanzpunkte meiner Tage waren die Mahlzeiten – nicht des Essens wegen, sondern weil ich mich auf Doro freute. Aber dann saß ich wieder nur verklemmt und schweigend da. Manchmal spürte ich ihren Blick, aber ich schaffte es nicht, ihn zu erwidern oder sie gar anzulächeln. Dafür war es jetzt irgendwie zu spät, das hätte ich gleich am Anfang machen müssen. Jetzt türmte sich die emotionale Barriere höher und höher.

In der Schule weigerte ich mich, auch nur aufzusehen, wenn ich angesprochen wurde. Die Mienen der Lehrer verhärteten, meine Noten verschlechterten sich. Es war Dirk Steffens, der Toni, mit dem ich schließlich ernstlich aneinandergeriet. Ich hasste ihn allein schon dafür, dass er für sämtliche Mädchen so was wie der Prinz auf dem weißen Ross war. Er war für alle nur deshalb »der Toni«, weil er aussah wie Toni Sailer, als dieser noch auf Skiern Goldmedaillen gesammelt hatte – dieselbe drahtige Statur, dieselbe dunkle Tolle, dasselbe umwerfende Jungenlächeln. Aber das täuschte: Seine Lateinaufgaben waren höllisch, und jedes Versagen wurde gnadenlos geahndet.

Vielleicht wollte er mich an jenem Tag bewusst provozieren, aus der Reserve locken, jedenfalls verlangte er von mir die Erläuterung einer Satzkonstruktion, die nicht nur für mich, sondern für alle in der Klasse ein unlösbares Rätsel war. Er ließ einfach nicht locker, er bohrte und drängte, er trieb mich in die Enge und setzte mir so lange zu, bis mir das Blut im Kopf hämmerte und die Buchstaben vor meinen Augen schwammen.

Und dann explodierte ich förmlich. Ich richtete mich auf und schrie: »Ich weiß es nicht! Ich – weiß – es – nicht! Und ich will's auch gar nicht wissen! Ich werd im ganzen Leben kein Latein brauchen! Nach dem Abi nehm ich kein Wort mehr in den Mund!«

Er nickte und sagte ruhig: »Das dacht ich mir. Wir müssen uns nach der Stunde mal unterhalten.« Damit ließ er mich in meinem Saft schmoren.

Als sich die Klasse leerte, blieb ich mit gesenktem Kopf an meinem Platz. Der Toni setzte sich auf die Fensterbank neben mir und ließ ein Bein baumeln. Er war der einzige Lehrer, der Jeans trug. Er breitete die Hände aus und wollte zu einer Frage ansetzen, aber ich griff ihm trotzig vor: »Ich weiß schon, Latein schult das Denken, Latein ist der Eckpfeiler der abendländischen Kultur, Latein ist die Grundlage von Italienisch, Französisch, Spanisch, Portugiesisch und überhaupt von allem und jedem.«

»Und?« Er klang nicht verärgert. »Stimmt's nicht?«

»Doch, kann schon sein.«

»Aber?«

»Ich werd's trotzdem nicht brauchen.«

»Was willst du denn mal machen?«

Ich zögerte keine Sekunde. »Musik.« Ich blickte auf, um zu sehen, ob er über mich lachte. In Musik hatte ich eine Vier Minus.

Er lachte nicht, sondern sagte: »Beatmusik, klar. Was ist deine Lieblingsplatte?«

Er biedert sich an, dachte ich verächtlich. Als ob er auch nur den blassesten Schimmer hätte. »Sergeant Pepper«, sagte ich.

Jetzt lächelte er, aber nicht spöttisch, sondern freundlich: »Weißt du, dass du gerade zwei lateinische Wörter in den Mund genommen hast? Sergeant kommt von servire, dienen, und Pepper von piper, Pfeffer.«

Ich zuckte die Achseln. Er mochte tausendmal recht haben, trotzdem hatte seine Welt nicht das Geringste mit der zu tun, nach der ich mich sehnte.

»Spielst du denn ein Instrument?«

»Ja ... nein.«

»Ja oder nein?«

»Ich spiel E-Gitarre, aber ich soll nicht.«

»Warum nicht?«

»Meine Eltern denken, dass … die Schule … der Chef …« – plötzlich steckten mir alle Antworten gleichzeitig im Hals wie ein dicker, schartiger Brocken. Er wollte nicht raus und ließ sich auch nicht runterschlucken. Mit einem Stöhnen beugte ich mich über die Bank und presste die Hände vors Gesicht.

»Hm.« Der Toni stand auf. »Na, bleib vielleicht ausnahmsweise mal für den Rest der Pause in der Klasse.« Er holte seine Aktentasche vom Lehrertisch und ging.

Als es zur nächsten Stunde klingelte, hatte ich mich immer noch nicht ganz gefangen. Da ich ohnehin nie was sagte, fiel das zwar nicht weiter auf, aber ich war froh, als sie endlich um war.

Unten auf dem Schulhof kam mir ein Sextaner nachgerannt und hielt mich am Ärmel fest: »Bist du der Nickel? Die Bozetti hat nach dir gefragt.«

2. Kapitel

Woher soll ich wissen, wie es Doro geht? Ich hab sie vor fünfundzwanzig Jahren das letzte Mal gesehen!«

»Ach!« Noll war bestürzt. »Sie ist an genau demselben Tag verschwunden wie du, wusstest du das?«

»Nein, das wusste ich nicht.« Die Nachricht verwirrte mich. Noll presste die knochigen Hände vor der Brust zusammen. »Wir haben uns damals alle ausgemalt, ihr beide wärt zusammen nach ... ich weiß nicht – nach Nepal gegangen, nach San Francisco, Kanada, irgendwohin!« Er saß mir in diesem weißen Kittel in seinem Sprechzimmer im kleinen Tengeloh gegenüber und klang so enttäuscht, als habe meine Antwort Kanada, Nepal und San Francisco von der Landkarte gewischt. »Aber du machst Musik, oder?« Er sah mich hoffnungsvoll an und machte eine ungelenke Bewegung mit der Hand, so als schlage er einen Akkord auf der Gitarre.

Ich nickte. Seine Augen leuchteten auf. Dass ich nur wenige Autostunden entfernt in der Lüneburger Heide Musik machte, verschwieg ich vorerst. Es berührte mich, dass er sich wünschte, ich sei tatsächlich Musiker geworden. Bis dahin hatte ich geglaubt, diese Art von Verbundenheit gebe es nur bei Menschen, wie ich mal einer gewesen war, bei Teenagern, die von Triumphen ferner Idole träumen.

Die Tür wurde geöffnet, und eine Arzthelferin erschien. Es war aber nicht die junge von vorhin. Noll erhob sich. »Ihr kennt euch: Paul Nickel – Claudia, meine Frau.« Er strahlte mich an.

Ich stand ebenfalls auf. Als sie mir ins Gesicht sah, erkannte ich sie tatsächlich: Claudia Lütjens, die Apothekerstochter.

Sie sah immer noch gut aus; blond, schlank, hielt sich offenbar sportlich fit. Ihr Lächeln war mehr höflich als herzlich, und ihr Händedruck war von der Sorte, die einen auf Distanz hält. Die Wärme, die den Raum vor ihrem Eintreten erfüllt hatte, wich einer spürbaren Kühle. »Na so was – Paul! Der mit dem schrecklichen Spitznamen!«

»Leichennickel.«

»Genau. Grässlich. Wie geht's dir? Was machst du?«

»Er ist tatsächlich Musiker geworden«, antwortete Noll für mich.

Claudias Bruder fiel mir ein. »Ich hab von Jans Unfall gehört«, sagte ich, »tut mir sehr leid. Zumal auch euer Vater gestorben ist. Mein Beileid!«

»Danke.« Sie sah zur Seite und presste die Lippen aufeinander.

Einen Augenblick standen wir schweigend da. Aus der Anmeldung waren Stimmen zu hören.

Claudia hob den Kopf. »Ich fürchte, da gibt's gleich eine Rebellion.«

»Geh, geh«, sagte Noll. »Ich bin gleich soweit. Hör zu, Paul, ich muss weitermachen. Versprich mir, dass du nicht wieder spurlos verschwindest! Du bleibst doch hoffentlich über Nacht in Tengeloh?«

»Leider nicht. Ich bin ziemlich in Druck und muss …«

»Na schön, dann lass uns wenigstens heute Abend zusammen essen. Du kannst doch nicht nach einem Vierteljahrhundert plötzlich auftauchen und fünf Minuten später schon wieder abhauen! Sagen wir um acht im *Heidkrug*?«

»Meinetwegen. Aber nicht zu lange; ich muss auf jeden Fall heute Abend noch weg.«

Er nahm zwei Kärtchen von einem Stapel und schob mir eines mitsamt einem Kuli über den Schreibtisch: »Ich trau dir nicht, Junge – gib mir mal lieber gleich deine Nummer! Auf den Karten hier steht die von der Praxis, ich schreib meine private und die Handynummer dazu. Notfalls telefonieren wir!«

Ich nickte, wir schrieben und tauschten die Kärtchen. Als ich das Sprechzimmer verließ, musste ich mich in der Türöffnung bereits an einem Patienten vorbeiquetschen, den Claudia mir entgegenschob. Sie wollte mit einem Winken um die Ecke verschwinden, doch ich hielt sie am Ärmel fest. »Warte, eine Frage!« Ich zog das kleine Herz aus der Tasche und hielt es ihr hin. Kommt dir das irgendwie bekannt vor?«

Sie nahm es nicht, sondern verschränkte die Arme und beugte nur den Kopf vor. »Das? Klar. Oder nein, was heißt bekannt – so was hab ich natürlich schon tausendmal gesehen. Jungmädchenkram. Wieso fragst du?«

»Es ist eine Gravur drauf, Initialen: DS. Sagen dir die was?«

»DS? Wenn DS draufsteht, gehört's vielleicht Doro; DS wie Dorothee Sieck – aber das müsstest du ja selber am besten wissen.«

Die Antwort war ein wenig schnell gekommen. In ihren Augen stand eine verhohlene Frage. Ich gab ihr die gleiche Antwort wie vorhin ihrem Mann: »Ich hab Doro vor fünfundzwanzig Jahren das letzte Mal gesehen!«

Ihre Lider zuckten leicht, aber sie hatte sich sofort wieder im Griff: »Tja, dann …«, sie klatschte in die Hände, »dann weiß ich's auch nicht. Dann kann das genauso gut Dörte Schmidt oder sonst was heißen. Ich muss an die Arbeit, Paul, mach's gut, tschüs!«

* * *

Die Scheiben des Kombis waren beschlagen. Bruno war sauer. Drinnen hatte sich trotz der offenen Fenster die Wärme gestaut, die Sonne schien ihm auf den braunen Bärenpelz. Er wuffte empört, als er mich kommen sah, und er hatte sämtliche Passanten auf seiner Seite. Unter ihren bösen Blicken holte ich den Strafzettel unter dem Scheibenwischer hervor und sah zu, dass ich fortkam.

»Tut mir leid, Alter! Nur eine Minute, und du darfst in den Bach.«

Ich verließ den Ort so, wie ich hineingefahren war, nahm dann den nächstbesten Feldweg zur Bilse und stellte den Wagen einfach auf die Wiese. Als ich die Heckklappe geöffnet hatte, dauerte es keine zehn Sekunden, und Bruno war im Wasser. Er planschte auf und ab, galoppierte übermütig davon, bremste immer wieder scharf, um die dicke Nase in interessante Winkel zu stecken und Details zu erkunden. Zwischendurch erinnerte er sich an mich und kam zurückgedonnert, er sprang hoch, schüttelte sich, wälzte sich. Sein nasses Fell glänzte in der Nachmittagssonne. Es ist leicht, einen Hund glücklich zu machen, und das Beste daran: Sein Glück ist ansteckend.

Ich sah ihm zu, spazierte durch den Schatten der Erlen am Ufer und versuchte, meine Gedanken zu ordnen. Die unterkühlte Begegnung mit Claudia Lütjens hatte meine Emotionen gedämpft. Gut so. Nach dem Abendessen konnte ich die nächste Autobahnauffahrt ansteuern, nach Hause zischen und zu Bett gehen, um mich morgens ausgeruht und frisch an die Arbeit zu machen, die ich Rainer Menges versprochen hatte. Dann würde ich nur einen Tag verloren haben. Ich konnte es mir nicht leisten, diesen Job in den Sand zu setzen. Ich nahm mir aber auch vor, das Gehader mit meiner Sentimentalität zu beenden: Die meisten anderen Leute waren viel rührseliger als ich, hielten alle naslang Klassentreffen ab, nur um sich gegenseitig zu erzählen, wie lange ihre Jugend schon her sei. Was war schon dabei, wenn ich mich nach einer Frau umsah, die mir als Mädchen etwas bedeutet hatte.

Die Frage war nur, wie ich sie finden sollte. Es würde kaum reichen, das kleine Herz in Tengeloh herumzuzeigen. Vorerst fiel mir allerdings nichts Besseres ein. Und Claudias Reaktion war interessant gewesen. Sie hatte die Initialen sofort Doro zugeordnet und so getan, als glaube sie selbstverständlich, wir seien damals zusammen verschwunden. Ihrem Augenausdruck nach hatte sie aber gerade daran Zweifel. Wieso?

In der Ferne erschienen zwei Jogger. Um Schwierigkeiten vorzubeugen, rief ich Bruno zu mir. Ich hatte seine Leine im Wagen gelassen, deshalb suchte ich mir ein Stück Holz, das ich als Griff durch den Ring in seinem Gliederhalsband schieben konnte. Nur einen Finger hineinzustecken und Brunos schlecht erzogene fünfundsiebzig Kilo damit halten zu wollen, konnte schmerzhafte Folgen haben.

Die beiden Läufer hielten Gleichschritt, bewegten sich aber grundverschieden. Der eine lief kraftvoll und athletisch, der andere schlenkerte voran wie eine zu groß geratene Figur der Augsburger Puppenkiste. Als sie näher kamen, fielen sie in Schritt, und dann konnte ich ihre Gesichter erkennen. Der Athlet war der Toni. Sein Haar war weiß, aber immer noch sehr dicht, und sein sonnengebräuntes Gesicht war voller Lachfalten; ansonsten wirkte er unverändert. Neben ihm, hager und eckig, lief Irene Bozetti. Ihr Haar so dunkel wie früher, die hohen Wangenknochen markanter denn je.

Sie grüßten höflich. Die Musiklehrerin war bestrebt, sich von Bruno fernzuhalten, während der Toni näher trat: »Ein toller Hund! Wie heißt er?«

Er sah mich an, und im Moment meiner Antwort konnte ich das Erkennen in seinem Gesicht aufblitzen sehen.

»Sie sind doch … du bist … Sie sind Paul Nickel!« Er schüttelte mir erfreut die freie Linke. »Das ist ja mal eine Überraschung!«

Ich stand in etwas unglücklicher Haltung da. Bruno hatte erkannt, dass die Frau Angst vor ihm hatte und wollte der Sache gern auf den Grund gehen, sodass ich, die Rechte an seinem Halsband, eine Art Dauerverbeugung vor meinen alten Lehrern machen musste.

Der Toni deutete mit den Augen auf seine Kollegin, dann auf den Hund und zwinkerte mir zu: »Wieso lassen Sie ihn nicht los? Ist er gefährlich?«

»Absolut nicht.«

»Na also!« Er drehte sich zu ihr um: »Bleib einfach stehen. Dir passiert nichts. Darfst bloß nicht die Arme hochreißen, sonst springt er.«

»Dein Wort in Gottes Ohr!«

Ich ließ das Halsband fahren, richtete mich erleichtert auf und machte eine Armbewegung, die Brokheide und die beiden Lehrer einschloss. »Hier hat sich anscheinend nicht viel verändert.«

Der Toni nickte: »Erstaunlich wenig, würde ich sagen, ja. War ein ziemlich junges Kollegium zu Ihrer Zeit, etliche sind noch da.« Er verfolgte amüsiert, wie Irene Bozetti unter Brunos Geschnüffel zur Salzsäule erstarrte. »Der alte Chef ist natürlich längst in Pension.« Das klang, als wolle er mich ebenso beruhigen wie vorhin seine Kollegin. »Sie sind damals so unvermittelt verschwunden, Herr Nickel – ganz kurz vor dem Abi! Torschlusspanik, nehme ich an. Haben Sie's noch irgendwo anders geschafft?«

Ich schüttelte den Kopf.

»Aber es geht Ihnen hoffentlich gut? Was machen Sie? Was sind Sie geworden?«

»Schnulzendichter«, sagte ich. Die Untertreibung machte mir Spaß. Angesichts der geballten philologischen Gelehrtheit, der ich gegenüberstand, beschlich mich jedoch zugleich ein gewisses Unterlegenheitsgefühl, deshalb ergänzte ich: »Schnulzendichter – aber erste Liga.«

Damit konnten beide nichts anfangen. Der Toni kniete sich hin und bereitete sich aufs Weiterlaufen vor, indem er seine Schnürsenkel fester band. »Was verschlägt Sie nach Brokheide?«

»Ich hab in Tengeloh zu tun, besuche Freunde.«

»Hach, den Doktor, stimmt's? Gerhard Noll. Der war in Ihrer Klasse, und seine Frau auch. Claudia.« Er tippte sich lächelnd an die Stirn: »Ich hab meine Schülerkartei lückenlos im Kopf.« Er stand auf. »Ich nehme an, Sie bleiben zum Ehemaligenfest? Ist am kommenden Wochenende wie jedes Jahr um die Zeit. Aber das wissen Sie natürlich.« Er sah Irene Bozetti an: »Wollen wir?«

Einer Eingebung folgend zog ich das kleine Herz aus der Tasche und hielt es hoch. »Äh – Augenblick, sagt ihnen das irgendwas?«

Der Toni griff zu und betrachtete es, dann grinste er verdutzt. »Ein Herz. Na, so was. Tja, was soll uns dieses Herz schon sagen?« Er hielt es hoch: »Schau her, Irene: Amatoris donum.«

Sie beschattete die Augen mit einer Hand, um es besser sehen zu können. Bruno machte Anstalten zu springen, rasch presste sie den Arm wieder an die Brust.

»Wie es aussieht«, sagte der Toni, »ist Herr Nickel nicht nur Schnulzendichter, sondern reist auch in Pretiosen.« Er gab es mir zurück. »Oder tragen Sie es bei sich, damit Sie nicht vergessen, was sich auf Schmerz reimt?«

Ich merkte, dass ich rot wurde. Ich hätte ihm zu gern eine bissige, schlagfertige Antwort gegeben, aber die würde mir erst einfallen, wenn es zu spät war.

Der Toni klopfte mir auf die Schulter. »Nur ein Scherz, entschuldigen Sie, war nicht böse gemeint. Machen Sie's gut! Wir sehen uns hoffentlich demnächst mal.« Er wies auf den Hund: »Wenn Sie ihn jetzt noch einmal festhalten würden?«

Irene Bozetti war merklich erleichtert, als ich Bruno wieder am Wickel hatte. Ich wartete, bis das ungleiche Paar die Bäume erreichte, hinter denen die Lehrerhäuser lagen, dann ging ich zum Wagen zurück. Es war spät geworden. Seltsam, dass der Toni mich trotz seiner lückenlosen Schülerkartei nicht auf Doro angesprochen hatte. Oder auf Jan Lütjens. Der war ebenfalls in meiner Klasse gewesen und gerade erst ganz in der Nähe ums Leben gekommen.

* * *

Als ich den Kombi vor dem *Heidkrug* abstellte, war die Sonne verschwunden, trotzdem kurbelte ich diesmal die Fenster für Bruno weit herunter. Womöglich würde es länger dauern. Ich hatte damit gerechnet, auf Noll warten zu müssen, doch er saß schon erwartungsvoll da. Allerdings war er allein.

»Hab alles stehen und liegen lassen, Paul! Komm her, setz dich!« Er schob die Blumenvase, die zwischen uns auf dem Tisch stand, zur Seite, und ich musste berichten. Von Anfang an. Ich erzählte ihm von dem Morgen, an dem ich Brokheide verlassen hatte, von den Bands, in denen ich gespielt hatte, von den Läden, in denen ich aufgetreten war, von dreckigen Garderoben, von Plattenlabels und Knebelverträgen, von Roadies und Radioleuten, ich berichtete, für wen ich komponiert und getextet hatte, ich beschrieb ihm mein Haus, mein

Studio und das korrupte, kleine Niederholt, wo ich mich nun daheim fühlte. Ich musste so viele Fragen beantworten, dass ich kaum zum Essen kam.

Dann war er dran: das Kind, das bald nach dem Abitur gekommen und zu früh geboren war, die Auseinandersetzungen mit dem Schwiegervater, das Medizinstudium, die Doktorarbeit, die Facharztausbildung, die Praxis in Tengeloh.

»Mann, du hast was auf die Beine gestellt«, sagte ich. »Respekt. Ich hatte aber immer im Gefühl, dass du so was schaffen könntest. Bei anderen war ich da schon skeptischer.«

»Du meinst Rolli, was?«

»Ich dachte eigentlich mehr an mich selbst. Rolli war doch immer ein cleverer Junge, höchstens ein bisschen verrückt. Wie Armin Witte, nur anders. Hörst du von denen manchmal was?«

»Witte kommt ab und zu zum Ehemaligenfest – neuerdings mit einem Bentley. Hat Geld wie Heu. Sagt er zumindest. Er hat aus dem Schrottplatz von seinem Alten angeblich einen richtig großen Metallverarbeitungsbetrieb gemacht. Und hat vier Kinder. Von den unehelichen mal abgesehen.«

»Und Rolli?«

»Ist Anwalt in Hannover. Den treff ich öfter. Ist unglaublich fett geworden und redet noch mehr als damals.«

»Sieht aus, als wär auf die eine oder andere Art aus allen was geworden. Sogar aus Jan. Bei dem sah es doch so aus, als ob er gar nicht erst das Abi schaffen würde – und dann hat er's sogar noch zum Apotheker gebracht.«

Noll schüttelte den Kopf. »Das Abi hat er irgendwie hingekriegt und danach auch eine ganze Weile Pharmazie studiert, bloß Examen hat er nie gemacht.«

»Aber er hat doch die Apotheke geführt!«

»Haben wir auch gedacht. Er war ja immer im Laden und hat gut verdient. Komisch war nur: Als der Alte tot war, wollte Jan die Apotheke sofort verkaufen. Wir konnten überhaupt nicht verstehen warum. Erst als wir nach seinem Unfall den Nachlass gesichtet haben, sind wir drauf gestoßen: Er war bei seinem Vater nur als Verkäufer angestellt, er hätte das Geschäft gar nicht weiterführen dürfen ohne Approbation.«

»Und der Alte hat die ganze Zeit nichts gesagt?«

»Uns jedenfalls nicht. Sein Sohn wird einiges von ihm zu hören gekriegt haben, aber der war doch ein hoffnungsloser Fall.«

»Meinst du, Jans Tod hatte was mit der Hoffnungslosigkeit zu tun?«

»An was denkst du? Selbstmord? Auf keinen Fall. Jan war alles andere als empfindsam. Der Alte lag noch im Sterben, da hatte der trauernde Sohn schon nichts anderes mehr im Kopf, als das Erbe zu verscheuern. Konnte ihm gar nicht schnell genug gehen. Gut, er brauchte natürlich Geld für seine diversen Hobbys, aber er hätte garantiert eher die nächstbeste Sparkasse überfallen als sich umgebracht. Im Übrigen: Wenn das wirklich ein Suizid war, dann war's ein sehr seltsamer. Dann ist Jan nämlich in die Kiesgrube gehüpft und hat so lange mit dem Gesicht in der Pfütze Wasser geschluckt, bis er hinüber war. Nee, wenn du mich fragst, kann das tatsächlich nur ein unvorstellbar dämlicher Unfall gewesen sein.«

»Was hat er eigentlich da in der Kiesgrube gemacht? Ist er gejoggt oder was?«

Noll hob die Hände. »Ich hab keinen Schimmer. Dass er gejoggt ist, kann ich mir nicht vorstellen, er war doch ein total schlaffer Sack! Weiß der Himmel, was er da wollte. Wir werden es nie erfahren.«

»Und nun?«

»Nun suchen wir jemanden, der den Laden übernimmt. Tengeloh braucht eine Apotheke. Claudia hat ja alles geerbt.«

»Wie kommt sie damit klar?«

»Nicht so gut. Jan war zwar der Ältere von den beiden, aber er war nun mal ein Schwachkopf. Sie hat ihn unentwegt bemuttert.«

»Klingt fast ein bisschen eifersüchtig.«

»Kann schon sein. Sie hat sich ständig um ihn gesorgt – mein Bruder hier, mein Bruder da, ewig hat sie ihn von irgendwelchen Dummheiten abhalten müssen, und jetzt, wo er tot ist, fühlt sie sich obendrein noch schuldig. Und mir wirft sie vor, ich hätte ihn nicht leiden können.«

»Konntest du ihn denn leiden?«

»Nein!« Noll war aufgebracht. »Er war ein hinterfotziger, verlogener Einfaltspinsel! Kein Mensch konnte ihn leiden! Du vielleicht?«

»Ich?«

»Ja, du! Du warst auch in Brokheide, oder nicht?!«

Ich überlegte einen Moment, dann sagte ich: »Ich konnte ihn auch nicht leiden.«

Wir begannen, in unserer gemeinsamen Vergangenheit zu stöbern, und schließlich hatte ich entgegen allen Vorsätzen doch einige Biere getrunken. »Was soll's«, sagte ich, »ich nehm mir einfach hier ein Zimmer und fahre morgen früh.«

»Bloß nicht! Ich hab Platz genug, du schläfst bei uns!«

Das hatte ich befürchtet. Ich übernachte nicht gern bei Freunden, ich ziehe Hotelzimmer vor, obwohl oder gerade weil sie unpersönlich sind. Nach einem Tag in Tuchfühlung mit anderen Menschen brauche ich mein eigenes oder wenigstens neutrales Terrain. Ich wich aus und zog das kleine Herz aus der Tasche. »Hast du das schon mal gesehen?«

Er rückte an seiner Brille. »Hm. So was seh ich in der Praxis bestimmt jeden Tag, aber ich achte natürlich nicht so drauf. Allerdings … wenn ich es mir so ansehe – ich glaube, Claudia hat auch so ein Ding. Ist mir kürzlich erst irgendwo aufgefallen. Was ist damit?«

»Das versuche ich herauszufinden. Es war gestern Morgen bei mir in der Post. Einfach so, ohne Absender. Der Gravur nach könnte es Doro gehören. Aber wenn sie sich in Erinnerung bringen will – warum schreibt sie mir dann nicht ein paar Zeilen oder ruft einfach an?«

»Deswegen bist du hier?«

»Ich bin froh, dass ich hier bin, Alter. Tut gut, dich zu sehen und mit dir zu reden.«

Etwas verunsichert stellte er sein Glas ab. Meine Antwort war ehrlich gewesen, aber ich wünschte mir doch, ich könnte mich jetzt auf die Heimfahrt machen. Wie sollte ich sein Angebot jetzt noch ausschlagen, ohne ihn zu kränken? »Habt ihr Katzen?«

»Nein, wieso?«

Meine Hoffnungen schwanden. »Einen Hund?«

»Auch nicht! Warum fragst du?«

»Weil ich einen habe. Einen ziemlich großen. Nass und dreckig. Liegt draußen im Auto.« Ich hob bedauernd die Schultern. »Aber da kann ich ihn natürlich nicht die ganze Nacht lassen, er muss mit mir rein.« Das war eine Lüge, Bruno schlief sehr gerne im Kombi.

»Kein Problem.« Noll trank aus. »Wir haben eine Putzfrau, und wir haben Platz genug. Erinnerst du dich an das Haus vom alten Lütjens? Das Fachwerkhaus mit der riesigen Scheune daneben? Die Scheune haben wir uns ausgebaut.«

Wir holten Bruno aus dem Kombi und schlugen den Fußweg am Ortsrand ein. Als wir leicht schwankend in Nolls dunklem Flur standen, flüsterte er: »Normalerweise würd ich dir das Gästezimmer geben, aber Michael ist da, der Junge. Das alte Haus steht seit Jans Tod leer, entsprechend muffig ist es da drin, deshalb nimm lieber das Büro, da ist eine schöne Liege.«

Er führte uns die Treppe hinauf. Zum Glück machte er auch hier kein Licht, sonst hätte man gesehen, was Brunos Schlammtatzen anrichteten. Im Arbeitszimmer tastete Noll sich voraus und knipste eine Schreibtischlampe an. Es war weniger ein Büro als ein geräumiges Lesezimmer. Hübsche Bücherregale, ein alter Mahagonischreibtisch mit Messingbeschlägen, Aktenordner in einem verglasten Schrank, eine große, beigefarbene Sofaliege.

Noll brachte Bettzeug, Handtücher, einen Bademantel und für Bruno eine Wasserschüssel. »Im Grunde ist das Claudias Zimmer; sie liest hier, macht die Steuererklärung und so was. Ein Bad ist direkt gegenüber.«

Das war haargenau das, was ich hasste. Statt mich in meine Privatsphäre zurückziehen zu können, war ich dem Einfluss dieses Hauses, dieses Raumes ausgeliefert – Möbel, Teppiche, Bücher, Bilder, Gerüche, alles so persönlich und fremd, dass ich mich in jeder Sekunde als Eindringling fühlen musste.

Im Bad ging es mir keine Spur besser, zumal ich nicht mal eine Zahnbürste bei mir hatte. Mangels Pyjama beschloss ich, in Unterhosen zu schlafen. Ich lag schon unter der Decke, als ich feststellte, dass ich vom Bett aus nicht das Licht löschen konnte, also stand ich noch mal auf. Der Schreibtisch war penibel aufgeräumt, nur unter dem Lampenfuß sah ein zerknicktes Stück Papier hervor. Mein Ordnungssinn war nie sehr ausgeprägt, aber in dieser tadellosen Umgebung regte er sich doch und registrierte die Unstimmigkeit. Ich zog das Papierchen hervor. Ein Zeitungsausschnitt, ein Bild. Auf dem

Bild war ich. Ich saß mit zerwühlten Haaren vor meinem Mischpult, und oben drüber stand: *Heiderock und Lederhose.* Ein schwacher Luftzug veranlasste mich, zur Tür zu sehen. Claudia stand da und sah mich an.

* * *

»Dass du dich für Musik interessierst, hast du im Unterricht ja perfekt getarnt, Nickel.« Irene Bozettis lange, kräftige Pianistenfinger spielten mit einem Schlüssel. Tatsächlich war bei mir ebensowenig Begeisterung für Orff'sches Geklingel und Gerumpel zu wecken gewesen wie bei allen anderen. Die meiste Zeit wurde nur herumgealbert, daran konnten selbst die heftigen Reaktionen der Musiklehrerin nur wenig ändern. Vielleicht hatte mein völliges Desinteresse besonders provokant auf sie gewirkt. Ich fragte mich, was mich erwartete.

»Eine Gitarre haben wir nicht hier, schon gar keine elektrische. Aber vielleicht kann ich dich für was anderes erwärmen.«

Jetzt dämmerte mir, was los war: Der Toni hatte ihr von unserem Gespräch vorhin erzählt. Hätte ich bloß das Maul gehalten! Jetzt würde sie mich zum Chorsingen verpflichten wollen, so viel war sicher. Aber da würde sie auf Granit beißen.

»Komm mal mit.« Wir durchquerten den Musiksaal, ließen die Pauken, Schellen und Klapperhölzchen links liegen und nahmen den Gang an den Musikzellen entlang. Vor der einen, ewig verschlossenen, blieb die Lehrerin stehen. »Dass das klar ist: sollte ich dir den Schlüssel für diesen Raum geben, geht da außer dir niemand rein! Niemand! Verstanden? Du weißt schon, wovon ich rede, nicht wahr?« Sie riss die Augen auf. »Niemand!«

Ich wusste ganz und gar nicht, was sie meinte, aber ich riss ebenfalls die Augen auf und nickte heftig.

»Es ist so: Es handelt sich um eine sehr großzügige Spende eines Förderers. Sehr großzügig und wertvoll. Eigentlich wäre dafür qualifizierter Unterricht vonnöten, aber wir haben in Brokheide niemanden, der ihn erteilen könnte. Und ich denke, es ist nicht ganz auszuschließen, dass ein lernbegieriger Autodidakt sich einiges selbst aneignet.« Sie drehte den Schlüssel im Schloss, stieß die Tür auf und machte Licht.

Vor meinen Augen stand ein komplettes, brandneues *Ludwig Black Oyster Pearl* Drumset – das gleiche, das Ringo Starr spielte. Alles war da, Basstrommel, Snare, Hängetoms, das große Standtom, Hi-Hat, Becken. Der Chrom glänzte, auf den Trommelwandungen schimmerten die berühmten perlmuttenen Streifen. Ich fuhr ehrfürchtig mit der Hand darüber.

Frau Bozetti schloss die Tür hinter uns. »Was meinst du, kannst du damit was anfangen?«

Ich hatte im Leben noch nie an einem Schlagzeug gesessen, aber ich wusste genau: Damit konnte ich was anfangen!

»Na schön«, sagte sie, »aber lass die Fenstervorhänge zu, dann wird's vielleicht nicht ganz so laut. Und denk dran: Du bist mir verantwortlich.«

Ich nickte mechanisch.

»Und noch etwas: Ab sofort singst du im Chor, das ist das Mindeste, was ich verlangen kann, hörst du?! Und gibst dir Mühe! Versprochen?!«

»Ja«, sagte ich aus vollem Herzen.

Das Erste, was ich tat, als sie weg war: Ich schloss mich mit meinem Schatz ein. Ich setzte mich auf den Drumhocker, wog die Stöcke in der Hand, klopfte vorsichtig auf dieses und jenes Fell, auf die Becken, die Hi-Hat. Ich versuchte mich zu erinnern, was Ringo für Bewegungen machte, und schlug

Löcher in die Luft. Wenn ich die Augen schloss, konnte ich die Fans kreischen hören.

Ich versäumte das Mittagessen, ich vergaß das Silentium, ich vergaß alles. Irgendwann musste ich so dringend auf die Toilette, dass ich es auf dem Hocker einfach nicht mehr aushielt, und stellte draußen entsetzt fest, dass es schon dunkel wurde. Im Laufschritt galoppierte ich zu Gutheinrich. Er hatte mein Fehlen bereits bemerkt und nach mir suchen lassen, aber das Schicksal war barmherzig: Wenigstens war Himmler noch nicht informiert. Er war außer Haus. Ich schwor Stein und Bein, den ganzen Nachmittag in der Schule für Frau Bozetti an einer Aufgabe gearbeitet zu haben.

»Das werden wir ja sehen«, sagte Gutheinrich, während ich gepeinigt von einem Bein aufs andere trat. »Ich werd sie fragen.«

Der Erste, der am nächsten Morgen wie ein Sextaner in die Schule rannte, war ich. Ich erwischte die Musiklehrerin glücklich noch vor der Andacht am Klavier und flehte sie an, meine Geschichte zu bestätigen. Sie legte nur den Kopf schief und lächelte.

In der Folgezeit sorgte mein verändertes Verhalten rundum für Verblüffung. Ich tat alles, um mein Kleinod behalten zu dürfen. In der Schule wurde ich vergleichsweise umgänglich. Für Irene Bozetti klapperte ich bereitwillig mit Hölzchen, Schellen und Glockenspielen, im Chor verkniff ich mir jedes abfällige Wort über die Carmina Burana.

Der Kontakt zu meinen Mitschülern wurde indessen noch spärlicher, weil ich jede freie Minute auf meinem Hocker in der Musikzelle verbrachte. Nach einer Zeit wilden Gehämmers und Getrampels gelang es mir immer besser, Arme und Beine koordiniert zu bewegen. Ich versuchte mich an sämtlichen Songs, die ich im Kopf hatte, und wenn ich den Text kannte, sang ich lauthals mit. Das Schlagzeug musste mir alle Freiheiten ersetzen, die mir in Brokheide fehlten, ich trommelte all meine verzweifelten Sehnsüchte hinein, ich ließ die Stöcke fliegen, ich ließ sie auf der Hi-Hat tanzen, ich ließ die Bassdrum krachen und die Rimshots explodieren.

Manchmal kam Frau Bozetti und hörte mir zu. Sie steckte sich dabei die Zeigefinger in die Ohren und riet mir jedes Mal, die meinen mit Wattepfropfen zu schützen, aber das tat ich nie. Ich wollte es laut, laut, laut.

Eines Tages brachte sie mir zwei seltsame Pinsel mit Drahtborsten, die sie Besen nannte. »Damit geht's leiser.«

Ich fummelte widerwillig mit den ungewohnten Dingern herum. »Klingt aber nicht besonders.«

»Wenn du es richtig machst, schon! Alle Jazzmusiker spielen mit Besen.«

»Ich spiel doch gar keinen Jazz!«

»Noch nicht – aber bald!«

Sie hatte einen Plan: In der Oberstufe gab es einen Trompeter und einen Posaunisten, die ein wenig Dixieland spielen konnten. Ich würde das Schlagzeug übernehmen, sie selbst das Piano, und ein Celloschüler aus der Untersekunda sollte sich mit dem Kontrabass vertraut machen. »Wir gründen eine Band, verstehst du, Paul?« Sie strahlte.

Die ersten Proben waren enttäuschend. Zusammen hörten sich die Instrumente an wie Kraut und Rüben, doch das besserte sich erstaunlich rasch. Nach und nach wurden wir richtig gut, fanden wir. Schön, es war keine Rockmusik, wir spielten abgedroschene Nummern wie *When The Saints, Down By The Riverside, Hello Dolly* und *Ice Cream,* aber für mich waren sie neu. Außerdem hatten wir auch eine Instrumentalversion von *Lady Madonna.* Sie klang nicht wie bei den Beatles, trotzdem gab es dafür jedes Mal Applaus von den

Unterstuflern, die sich am Fenster draußen die Nasen plattdrückten. Und das war besser, viel besser als meine einsamen Gitarrensessions zu Hause im Werkzeugkeller, die nie an andere Ohren gedrungen waren als an die von Papas Leichen nebenan.

Für jeden von uns war auch ein kleines Solo im Programm. Am meisten Spaß machte mir natürlich mein eigenes, aber auf das von Frau Bozetti freute ich mich fast genauso. Ihre große Liebe galt Scott Joplin, dem Sohn eines Sklaven aus Texarkana, und sie spielte seine scheinbar naiven, akrobatischen Kompositionen mit ihren großen Händen so ruhig und einfühlsam, dass ich von keiner je genug kriegte.

Ein paar Mal trafen wir uns bei ihr zu Hause. Wir bekamen Saft zu trinken, saßen auf dem Sofa und hörten die Stücke, die wir als nächste in Angriff nehmen würden, über die Stereoanlage. Die Wände waren voller Bilder und Musikinstrumente; eine Oboe, Violinen, eine Knickhalslaute, die ich zu gern einmal in die Hand genommen hätte, aber die Lehrerin winkte ab: »Was hier an der Wand hängt, taugt nur noch zur Dekoration. Das Meiste lässt sich nicht mal mehr stimmen.« Sie zog eine große Schublade auf, nahm einen Geigenkasten heraus und öffnete ihn. »Da ist das hier schon was anderes!« Sie streichelte das Holz. »Eine Guarneri! Sie ist über dreihundert Jahre alt und klingt noch immer wunderbar voll, dunkel und kräftig. Ist seit Generationen in meiner Familie. Sehr wertvoll.«

Jeder von uns durfte einmal mit dem Finger über die Saiten fahren, dann legte sie die Geige vorsichtig in den Kasten zurück. »Leider werde ich ihr in keiner Weise gerecht, meine Leidenschaft war immer der Flügel.«

Zwei Wochen vor Pfingsten erschien sie zur Probe mit glühenden Wangen und geheimnisvoller Miene. Nachdem sie uns eine Viertelstunde auf die Folter gespannt hatte, hielt sie es nicht mehr aus: »Ich war gerade beim Chef. Wir spielen auf dem Ehemaligenfest!«

Das war ein Knaller. Die Ehemaligenfeste waren Großereignisse, bei denen ein Hauch von Freiheit und Lässigkeit aus der Erwachsenenwelt in unseren engen Alltag wehte. Am schönsten war der Samstagabend: Die Turnhalle war mit Blumen geschmückt, überall standen weißgedeckte Tische mit Kerzen darauf, die Damen trugen Abendkleider, die Herren dunkle Anzüge, es wurde geraucht und gelacht, vor allem aber wurde Wein getrunken. Schüler in weißen Hemden flitzten mit Bocksbeutelflaschen von Tisch zu Tisch und füllten die Gläser, und die Ehemaligen, die sich gut an die leeren Taschen ihrer Internatszeit erinnerten, ließen einen verschwenderischen Strom von Trinkgeldern fließen. Das Kulturprogramm hatte bisher stets aus zwei, drei Auftritten eines misstönenden Schülerstreichquartetts bestanden, dem sich die Corona höflich zuwandte, um dann eilig wieder zum Gespräch überzugehen.

»Damit ist jetzt Schluss«, frohlockte Frau Bozetti, »jetzt wird getanzt! Wir werden da Pep reinbringen, aber richtig!«

Nach der ersten, aufgeregten Freude über die Nachricht dauerte es keine Minute, bis uns mulmig wurde. Wenn der Chef erklärt hatte, wir würden spielen, dann würden wir spielen – und wehe, das Publikum war nicht angetan! Von Stund an gaben wir uns noch mehr Mühe. Bis zum Festwochenende übten wir in jeder freien Minute.

Bei der Generalprobe vor dem großen Abend waren wir von Schaulustigen umschwärmt. Zwei Dutzend Schülergesichter reichten, um mir so feuchte, zitternde Hände zu verschaffen, dass ich Angst hatte, die Besen würden mir aus den Fingern flutschen. Meinen Mitstreitern ging es nicht besser, entsprechend holprig legten wir los, und jeder außer der Musiklehrerin versuchte dabei ein Gesicht zu machen, als gehöre er eigentlich nicht dazu.

Unser Publikum aber reagierte ganz anders als erwartet: Was uns entgegenschlug, war überraschter Beifall, und mit einem Mal waren wir richtige Musiker. Nach jedem Stück freute ich mich auf das nächste, bald fing der Saal an mitzuklatschen, und als wir schließlich *Lady Madonna* spielten, johlte alles vor Begeisterung. Ich hatte mich lange nicht mehr so gut gefühlt.

Oder nein – überhaupt noch nie! Direkt vor der Bühne standen einige Mädchen, unter ihnen Doro. Sie lächelte zu mir herauf, und da geschah das Wunder: Die bis dahin unüberwindliche Hemmung verschwand aus meinem Kopf. Vielleicht, weil ich so glücklich war. Ich spielte und ließ die Besen sausen und strahlte Doro an. Ihre schwarzen Brauen hoben sich erstaunt, doch sie wendete sich nicht ab. Claudia und die anderen Mädels begannen zu lachen und zu flüstern, aber das war mir egal. Ich genoss es in vollen Zügen, da oben zu sitzen und zu trommeln und Doro anzusehen. Am liebsten hätte ich laut gesungen.

Nach der Generalprobe wurde die Halle geräumt. Nur die Schülerkellner und -kellnerinnen durften dableiben. Und die Musiker natürlich.

Ich sprang von der Bühne und fragte Doro: »Wie fandst du's?«

»Nicht zu fassen, er kann reden! Sitzt mir jahrelang stumm wie ein Fisch beim Essen gegenüber, nun spricht er mit einem Mal – und trommeln kann er auch noch! Nicht schlecht.«

»Danke.« Ich steckte die Hände bis zu dem Daumen in die Jeans und suchte fieberhaft nach einer passenden Bemerkung, um im Gespräch zu bleiben.

»Komm, kannst mir helfen«, sagte Doro. Unter der Aufsicht zweier Lehrerinnen und des Hausmeisters wurden die Tische gedeckt, Getränke und Häppchen wurden neben dem Eingang im frisch geweißten Vorraum der Umkleiden bereitgestellt. Der Hausmeister trieb zur Eile: Er hatte die Tischwäsche angeliefert und wollte nun unbedingt sein Auto in Sicherheit bringen. Im letzten Jahr hatten angeheiterte Ehemalige das Goggomobil die Treppe hinauf in den ersten Stock getragen.

Als alles fertig war, setzten wir uns auf eine der Bänke draußen im Schulhof und sahen der anbrechenden Dämmerung zu. »Ich wusste gar nicht, dass du Schlagzeug spielst«, sagte Doro.

Ich sah auf meine Schuhe. »So doll ist das auch noch nicht. Eigentlich spiel ich Gitarre.«

»Ich hab dich noch nie mit einer gesehen.«

»Ich hab ja auch keine.« Ich erklärte wieso und verfluchte die Engstirnigkeit meiner Eltern.

Doro wog zweifelnd den Kopf hin und her. »Na ja, aber sie meinen es bestimmt gut, oder?«

»Klar meinen sie es gut – aber was hab ich davon? Was ist, wenn *ich* ganz andere Dinge gut finde? Wieso zählt das nicht? ›Wir wollen nur dein Bestes‹, hör ich immer. Sagenhaft! Das will ich auch, ich will auch nur mein Bestes! Genau deswegen steht auf meinem Wunschzettel *kein* Internat! Es ist doch so: Die Leute schicken ihre Kinder nach Brokheide, weil sie mit ihnen nicht klarkommen – und warum kommen sie mit ihnen nicht klar? Weil sie keine Ahnung haben, was das Beste ist. Oder ist das bei deinen Eltern anders?«

»Ich bin doch ST.«

»Oh, das wusste ich nicht!«

ST hieß: Sie war eine von den Brokheider Stipendiaten. Die meisten waren Afrikaner oder Asiaten, aber es gab auch einige Deutsche, die keine Familie hatten. »Tut mir leid, Doro!«

»Lass nur, macht nichts. Du hast ja recht. Mir wär auch ein nettes, kleines Haus mit netten, kleinen Eltern lieber. Aber für mich ist dieses Internat nun mal das Beste, was ich kriegen kann. Und es gibt Schlimmeres als Brokheide.«

Aus dem Saal drangen Stimmen. Doro stand auf, griff nach meinem Arm und zog mich hoch. »Wir müssen.« Wir standen einander ganz nah gegenüber. Sie war fast genauso groß ich. »Na komm, Kleiner.« Sie gab mir einen raschen, weichen Kuss auf den Mund und lief los.

Es war genau dieser Moment, in dem ich zum ersten Mal das helle Singen in meinen Ohren bemerkte. Es passte perfekt zu meinem galoppierenden Puls und dem Jubel in meiner Brust. Dass ich es nie wieder loswerden würde, wusste ich noch nicht, und ich wusste auch nicht, wie gründlich ich diesen wundervollen Abend noch versauen würde.

Er begann mit einer Begrüßungsansprache des Chefs. Er hatte sich in die Rolle des charmanten Gastgebers geworfen wie jedes Mal. Für Anlässe wie diesen verfügte er über eine Art Vaterlächeln, das er keine Sekunde lang absetzte. Es war zum Erbrechen gütig und ergoss sich selbst auf Schüler, die sonst tunlichst Ohrfeigenabstand hielten. Die Welt sollte schließlich einen herzlichen Eindruck von Brokheide bekommen. Entsprechend schwülstig war der Vortrag. Ich beneidete die Ehemaligen. Für sie war das Internat nur noch eine gesellige Abwechslung. Sie konnten tun und lassen, was sie wollten, verdienten gutes Geld oder waren zumindest Studenten, die ihr eigenes Leben führen durften. In Brokheide schauten sie nur kurz herein, um sich zu amüsieren, für sie verwandelte sich sogar der Chef in einen grinsenden Popanz.

Als er uns ankündigte, tat er, als habe er uns selbst erfunden. Wir begannen nach höflichem Applaus mit *When The Saints*. Danach war der Beifall schon lebhafter, und spätestens bei der dritten Nummer kamen wir richtig in Fahrt. Viele Gesichter im Saal waren uns zugewandt, man sah wippende Füße und schnippende Finger.

Irene Bozetti hatte rote Flecken auf den Wangen. »Passt auf, beim nächsten Durchgang fangen sie an zu tanzen«, sagte sie atemlos in der ersten Spielpause.

Es stimmte: Bald hielt es die Leute nicht mehr auf den Stühlen, und auf der kleinen Tanzfläche wirbelten die Paare. Sie musste wenig später vergrößert werden, Tische wurden gerückt, und sowohl unter den Tänzern als auch unter den nunmehr dicht an dicht Sitzenden stieg die Stimmung. Mittendrin konnte ich Doro in ihrer weißen Bluse umherlaufen sehen; jedes Mal, wenn sie an der Bühne vorbeikam, flog mir ein Lächeln zu. Von all den ausgelassenen Leuten im Saal war ich garantiert der Beschwingteste.

In der dritten Spielpause lief ich zum Kellnerstützpunkt neben dem Eingang. Wie ich feststellte, bedienten Rolli und Nolli nicht nur die Gäste. Sie winkten mich in den Umkleideraum, wo einige abgezweigte Flaschen standen, und gossen mir großzügig ein. »Du überraschst uns, Mann«, sagte Rolli. »In dir steckt ja ein echter Trommler! Sagenhaft!« Er hob sein Glas und imitierte den Chef: »Auf dass der Bann gebrochen werde und Paul, der Schweiger, in die menschliche Gemeinschaft einziehe!«

Der Wein schmeckte kühl und herb. Ich trank in durstigen Schlucken. Doro sah kritisch zu. Ich legte ihr einen Arm um die Taille. Sie lehnte sich an mich.

»Oha!« Rolli tat besorgt. »Auch das noch! Tu's nicht, Paul! Ich kann dir genau sagen, was passiert: Ihr sinkt euch schmachtend in die Arme, müsst heiraten, kriegt Kinder mit wolligen Köpfen und Augenbrauen wie schwarzen Klobürsten – und dann geht's los, dann beginnt das große Hassen! Ihr quält euch bis aufs Blut, lasst euch scheiden und piesackt den Nachwuchs.«

»So kann nur ein bedauernswertes, trennungsgeschädigtes Kind über den Stand der Ehe reden«, sagte Doro. »Lass dir sagen: Die Familie ist Ort der Sinnstiftung und des Lebensglücks. Und das Fundament des Staates sowieso!«

»Jetzt belehren einen schon die Vollwaisen über das Wesen der Familie! Wo soll das noch hinführen? Nolli, was sagst du?« Er sah sich um, aber Nolli lehnte mit dem Rücken zu uns in der Tür zum Vorraum. Rolli spähte an ihm vorbei. »Ist das zu fassen?« Er wackelte mitleidig mit dem Kopf. »Der nun auch noch. Und völlig hoffnungslos!« Die Hand schräg vor dem Fuchsgesicht, flüsterte er: »Claudia Lütjens! Der Eisklotz! Hoff-nungs-los!«

Aus dem Saal waren die ersten Takte von Scott Joplins *Skeleton Key Rag* zu vernehmen. »Es geht weiter!« Ich trank aus. »Bis nachher.«

Vor der Bühne stand eine Handvoll Musikbegeisterter und lauschte, andere waren unschlüssig, was sie auf den Rhythmus tanzen sollten, einige versuchten es mit Foxtrott. Irene Bozetti war in ihrem Element. Sie beugte den Aristokratenkopf über die Tasten, als wolle sie ins Klavier kriechen, und meisterte die vertrackten Läufe mit Inbrunst. Es kam zwar nur von wenigen Applaus, doch der war dafür umso enthusiastischer. Sie grinste mich komplizenhaft an.

Wir machten weiter mit *Ain't Misbehavin'*, und sofort füllte sich die Tanzfläche wieder. Die kreiselnden Paare, der Rauch, die flitzenden Weißhemden, unsere Instrumente, die sich zu einem übermütigen Ganzen fügten – ich atmete all diese Eindrücke in tiefen Zügen ein. In den Pausen hatte ich es eilig, zu Doro zu kommen. Sie zeigte deutlich, dass sie mich mochte, doch mehr als meinen Arm auf ihrer Hüfte duldete sie in Anwesenheit der anderen nicht. Rolli hielt besäuselte Vorträge und goss allen reichlich nach, und Nolli, gleichfalls angeheitert, bemühte sich ebenso tapsig wie vergebens um Claudia den Eisklotz.

Um eins gab der Chef uns zu verstehen, dass es Zeit fürs letzte Lied sei. Irene Bozetti hatte dafür *Rock-a-Bye Baby* ausgewählt, und während sich auf der Tanzfläche alles zum Walzertakt des Wiegenliedes drehte, spürte ich auch im Kopf einen aufsteigenden Schwindel. Im Schlussapplaus kletterte der Chef zu uns herauf, um seine Abschiedsworte loszuwerden. Danach würden alle wie stets einen großen Kreis bilden, sich an den Händen fassen und gemeinsam die deutsche Fassung des alten, schottischen *Auld Lang Syne* singen.

Ich sprang so hastig von der Bühne, dass ich beinahe lang hingeschlagen wäre. Doro stand vor dem Weinstützpunkt im Eingang. Ich fasste sie an der Hand, zog sie den Gang hinunter zum Musiksaal und weiter zu den Musikzellen.

»Wo willst du denn bloß hin?«

»Ich zeig's dir gleich.«

Den Schlüssel ins Schlüsselloch zu kriegen, machte mir ungewohnte Schwierigkeiten, aber schließlich klappte es. Wir schlüpften in den Raum, ich schloss hinter uns zu. Wir standen im Stockfinstern, unser Atem ging schnell. Von fern war der predigende Tonfall des Chefs zu hören.

»Ich weiß nicht, Paul.«

Sie fühlte sich hölzern an, steif, nicht ablehnend, eher verkrampft. Das machte meine überhasteten Zärtlichkeiten noch ungeschickter, als sie es ohnehin waren.

»Lieber Himmel, Paul, wie viele Hände hast du eigentlich?!«

»Entschuldige.«

Sie lehnte den Kopf gegen meine Schulter und hielt mich damit gleichzeitig auf Abstand. Aus der Turnhalle war nun die Melodie von *Auld Lang Syne* zu hören:

»Nehmt Abschied, Brüder, ungewiss ist alle Wiederkehr …«

Ich spürte, wie Doro sich ein wenig entspannte.

»Nehmt Abschied Brüder, schließt den Kreis, das Leben ist kein Spiel
Nur wer es recht zu Leben weiß, gelangt ans große Ziel«

Jetzt war ihr Körper ganz weich. Sie hob den Kopf, unsere Lippen fanden sich, und nun waren meine vorsichtig wandernden Hände willkommen.

Der Schlüssel drehte sich im Schloss, der Lichtschalter klickte, und wir sahen neongeblendet in Irene Bozettis entgeistertes Gesicht. Ihr Ausdruck wechselte von purer Überraschung über Verletztheit zu bitterem Triumph, dann wurden ihre Züge hart. Sie streckte mir mit einem vernichtenden Blick die Hand entgegen.

»Ihr könnt die kleinen Biester nicht in Ruhe lassen, nicht wahr?«

Ich gab ihr den Schlüssel.

* * *

Bruno weckte mich. Er hatte im Schlaf so viel Wärme produziert, dass von der Feuchtigkeit aus seinem Fell alle Fensterscheiben beschlagen waren. Er saß direkt vor meiner Nase und wuffte. Ich fuhr hoch und versuchte mir darüber klar zu werden, ob Claudias stummes nächtliches Erscheinen real gewesen war, oder ob ich geträumt hatte. Der Zeitungsausschnitt lag unberührt auf dem Schreibtisch.

Ich sah auf mein Handy: halb zehn. Leise fluchend ging ich ins Bad. Die Dusche war kein Genuss, die Brause hing an einer Stange über der Badewanne. Ich machte es kurz.

Während ich die Treppe hinunterging, rief ich laut »Hallo«. Niemand antwortete. Ein großes, gepflegtes Haus, viele antike Möbel und Teppiche. Tengeloher Geldadel. Ich warf einen Blick in die Küche, um zu sehen, ob da womöglich Kaffee auf mich warte. Die Kaffeemaschine war kalt und leer. Ich rief noch ein paar Mal, aber die Nolls waren wahrscheinlich längst in der Praxis. Im Kühlschrank Wurst und Käse, ein halbes Bauernbrot auf der Brotmaschine. Bevor ich auch noch Kaffeepulver und Filter finden konnte, hatte mich Bruno davon überzeugt, dass er dringend raus musste. So nahm ich mir eines von den scharfen Messern aus dem Messerblock, säbelte für jeden von uns eine dicke Scheibe Mortadella ab und hinterließ im Übrigen nur eine kurze Bleistiftnotiz auf einem Zettel an der Pinwand:

Empfehle mich stickum – tut mir leid wegen der Sauerei. Gruß Paul

Als wir ins Freie traten, floh ein Schwarm Sperlinge unter lautem Gezeter in die Hecke. Bruno erleichterte sich umgehend an einer Magnolie. Ein prachtvoller Garten, duftende Stauden, Bäume aller Größen. Ich zog die Haustür hinter mir zu und trabte los. Zum Glück gab es den Fußweg am Ortsrand, sodass weder mein zerknautschter Zustand neugierige Blicke auf sich zog noch mein zerknautschter Hund.

Diesmal war kein Strafzettel unterm Scheibenwischer. Ich riss alle Autofenster auf, lud Bruno ein, fuhr los und warf keinen Blick zurück. Mein Bedarf an Nostalgie war gedeckt.

Kurz vor der Autobahn klingelte das Handy. Dem Display nach war es fünf vor halb elf, die Rufnummer war unterdrückt. Ich hatte schon eine geschmeidige Ausrede für Rainer Menges auf der Zunge, aber er war es gar nicht. Es war Noll. Er saß mit Nicole, seiner Zweitkraft, in der Praxis und wollte wissen, ob ich von Claudia gut versorgt worden sei.

»Nein«, sagte ich wahrheitsgemäß und dankte im Geiste dem Himmel. »Das Haus war leer. Zumindest hat niemand auf mein Gebrüll geantwortet.«

»Dann hat sie gerade den Jungen zur Bahn gebracht. Ihr habt euch bestimmt nur ganz knapp verpasst. Hättest länger schlafen sollen! Jetzt hast du nicht mal Frühstück gekriegt!«

Ich blinkte und folgte dem blauen Autobahnschild. »Macht nichts! Ich trink an der nächsten Raststätte einen Kaffee.«

»Tu das. Du, sag mal, dieser kleine Goldschmuck gestern, das war ein Herz mit den Initialen DS, richtig?«

»Ja, wieso?« Dicht hinter mir erschien ein BMW in der Auffahrt, dem ich offenbar zu langsam war, dabei neigte sich mein alter Kombi bereits heftig in die Kurve. »Wieso fragst du?«

»Ach, mir ist nur was eingefallen … hat aber bestimmt nichts zu bedeuten.«

Ich war schneller geworden, als gut für mich war. Rasch klemmte ich mir das Handy zwischen die Beine und fasste das Lenkrad mit beiden Händen. Endlich auf der Geraden, fand ich die Autobahn neben mir von einem riesigen LKW blockiert. Ich trat mächtig aufs Gas, um noch vor ihm einscheren zu können, doch ich kam nicht in Schwung. Notgedrungen bremste ich, um die Lücke hinter dem Laster zu nehmen, der BMW hinter mir hupte wütend. Als ich wieder nach dem Telefon greifen konnte, war Noll weg. Ihm war etwas eingefallen, hatte er gesagt. Ich würde ihn von der Raststätte aus zurückrufen, dort konnte ich das Kärtchen mit seiner Nummer rauskramen.

Kaffee war tatsächlich das, was mir im Augenblick am meisten fehlte. Vielleicht wäre es gar nicht so schlecht gewesen, einen mit Claudia zu trinken. Ein paar Antworten hätte ich schon ganz gern von ihr gehabt.

Was hatte es mit dem Zeitungsausschnitt auf sich? Ihr Interesse an einem Bericht über einen ehemaligen Schulkameraden war verständlich, aber nachdem sie den Artikel schon eigens ausgeschnitten hatte – wieso hatte sie mich bei meinem Auftauchen in der Praxis nicht darauf angesprochen? Stattdessen hatte sie mich gefragt: Was machst du? Sie hatte es doch gelesen! Wieso hatte sie so ahnungslos getan?

Ich überlegte. Angenommen, der Artikel hatte Claudia auf eine Idee gebracht. Angenommen, Claudia war es gewesen, die mir das kleine Herz geschickt hatte, um mich auf eine Spur zu setzen – in dem Fall konnte sie darauf hoffen, dass ich über kurz oder lang beim Juwelier gegenüber der Praxis aufkreuzen würde. Von der Anmeldung aus hatte sie den Laden gut im Blick. Doch was sollte das Versteckspiel? Nachdem sie meine Adresse kannte, hätte sie mich doch einfach anrufen können. Warum wollte sie unentdeckt bleiben? Und wenn das kleine Herz Doro gehörte – wie war Claudia in seinen Besitz gekommen?

Wenn DS draufsteht, hatte sie gesagt, gehört's vielleicht Doro – aber das müsstest du ja selber am besten wissen.

Dabei hatte in ihren Augen eine Frage gestanden. Offenbar hatte sie Grund gehabt, daran zu zweifeln, dass Doro und ich damals gemeinsam verschwunden waren, und meine Antwort hatte ihr eine Befürchtung bestätigt. Was war das für eine Befürchtung?

Die Raststätte *Brunautal* ließ ungewöhnlich lange auf sich warten, was ich mir in dem Moment erklären konnte, als ich Großburgwedel passierte. Ich war die ganze Zeit in die falsche Richtung gefahren. Bruno setzte sich auf und hob die Ohrpuscheln, als ich lautstarke Anmerkungen dazu machte. Gleich danach geriet ich in eine ewig lange Baustelle. Als endlich wieder freie Fahrt in Sicht kam, trat ich aufs Gas, um schnellstmöglich die nächste Ausfahrt nehmen zu können, doch nachdem ich gewendet hatte, musste ich mich durch denselben Engpass zurückquälen. Danach gab es keine weiteren Probleme. Trotzdem hatte ich ein ungutes Gefühl. Zu Recht.

Mittags um eins sah ich endlich mein Haus durch die Eichen schimmern. Wegen seiner riesigen Fensterflächen hieß es im Dorf nur »das Aquarium«. Der Blick von drinnen in die Landschaft hinaus war phantastisch. Allerdings konnte man ebenso ungehindert von außen ins Innere sehen. Zwei Besucher saßen am großen Tisch in der Halle. Sie mussten mit dem betagten Polizei-Mercedes gekommen sein, der in der Auffahrt stand. Dahinter war ein grün-weißer Transporter geparkt, in dem weitere Beamte saßen. Ihre Blicke folgten mir, als ich ausstieg.

Bevor ich den Schlüssel in die Haustür stecken konnte, war Anneliese da. Sie riss die Augen auf, deutete mit dem Daumen hinter sich und flüsterte: »Polizei!«

»Das seh ich. Eckermann?«

Sie nickte verstohlen: »Und Fick!«

Hauptkommissar Eckermann und sein Kollege mit dem gut norddeutschen Namen Fick waren mir wohlbekannt. Ich hatte mich bei ihnen in der Vergangenheit mehrfach durch missliches Stolpern über Mordopfer verdächtig gemacht. Zwar hatte ich jeweils meine Unschuld beweisen können, indem ich die Täter selber ausfindig machte, doch das empfand besonders Kommissar Fick als persönliche Beleidigung. Außerdem war Unschuld für ihn kein Anlass zur Nachsicht: Suspekt blieb suspekt.

Da ich seit Monaten keine Leiche mehr gefunden hatte, konnte ich mir nicht vorstellen, was der Verein bei mir zu suchen hatte – unangekündigt zumal, und gleich im halben Dutzend. Mein Magen zog sich zusammen. Ich war unrasiert und unausgeschlafen, ich hatte kein Frühstück gehabt und eine blödsinnige Irrfahrt hinter mir. Nervös marschierte ich in die Halle.

Fick sprang auf, als er meiner ansichtig wurde, Eckermann hob nur leicht den Hintern vom Stuhl und deutete eine Verbeugung an. Anscheinend hatte er bereits das Keilkissen gewärmt, das er wegen seiner Rückenbeschwerden stets mit sich führte. Hinter mir erschien Anneliese mit Bruno, um ihn zum Trocknen in den hinteren Flur zu bringen. Ich hob gereizt den Zeigefinger, um Eckermann zu fragen, was das Polizeiaufgebot solle, als Fick zu ihm sagte: »Du, sag mal, was machen wir eigentlich mit dem Hund?«

»Wie, was machen wir mit dem Hund?«

»Müsste sich die Spurensicherung nicht auch um den kümmern?«

»Vermutlich.«

»Schön, was machen wir also?«

»Sag halt draußen Bescheid.«

Ich stand noch immer mit erhobenem Zeigefinger da. »Was? Spurensicherung? An meinem Hund? Kann ich bitte mal erfahren, was hier los ist?«

Fick ging an mir vorbei Richtung Haustür und grinste mich an. Er gab gern den fröhlichen Naturburschen, aber die Häme in seinen Mundwinkeln verriet, dass es mit seinem Frohsinn in Wahrheit nicht weit her war. Seine grau melierte Stoppelfrisur wirkte eher eitel als leger. Dagegen erschien der massige Eckermann mit seinem schwarzen Vollbart wie ein felsenfest in sich ruhender Heidebauer. Er musterte mich von oben bis unten: »Haben Sie sich umgezogen?«

»Seh ich so aus?«

»Wo waren Sie so lange?«

»Ich war über Nacht auswärts. Wieso?«

»Dass Sie über Nacht weg waren, weiß ich. Sie waren in Tengeloh. Mich interessiert, was Sie während der letzten drei Stunden gemacht haben.«

»Wieso interessiert Sie das? Was soll das?«

Er warf einen prüfenden Blick nach draußen. Dem Transporter waren ein paar Männer in Overalls entstiegen, die sich mit Gummihandschuhen an meinem Kombi zu schaffen machten. Fick stand ihnen offenbar im Weg. Mir wurde heiß. Für das Auftauchen der Spurensicherung musste es einen hässlichen Anlass geben.

Ich sah Eckermann alarmiert an: »Was ist da los?«

»Kommen Sie, Herr Nickel, nehmen Sie Platz.« Er wies auf den Stuhl gegenüber dem seinen. »Wir werden die Sache schon in den Griff kriegen. Ich kenne Sie, Sie kennen mich. Wir werden einander nichts vormachen, oder? Ich sag Ihnen ganz offen: Sie sind in … in eine schlimme Sache verwickelt. Und es gibt da Indizien, die … na ja – am besten, Sie beantworten zügig meine Fragen, dann sehen wir am ehesten klar. Einverstanden?«

Ich nickte langsam und setzte mich.

Er zog ein Klemmbrett aus seiner Aktentasche, um darauf mitzuschreiben, dann legte er seine Armbanduhr so auf dem

Tisch, dass er das Zifferblatt bequem im Auge hatte. Ich hatte die Utensilien noch gut in Erinnerung. Sie begleiteten jedes seiner Verhöre. Er schrieb Datum und Uhrzeit oben auf das Blatt, dann richtete er den Blick auf mich. »Aus welchem Grund sind Sie nach Tengeloh gefahren?«

Ich sah keinen Anlass, irgendetwas für mich zu behalten, also zog ich das kleine Herz aus der Tasche, zeigte es ihm und berichtete von Anfang an. Er hörte sehr konzentriert zu, nickte gelegentlich und machte sich Notizen. Einmal lächelte er leicht. »Alte Zeiten, was?«

»Ich bin Schnulzendichter. Was haben Sie erwartet?«

Er wurde sehr ernst. »Jedenfalls nicht das, was Sie da in Tengeloh hinterlassen haben. Sie sagen, Sie haben Frau Noll gestern Nachmittag in der Praxis ihres Mannes getroffen, aber bei dem Treffen abends in der Gaststätte war sie nicht dabei. Wann haben Sie sie also zuletzt gesehen?«

»Da bin ich mir nicht ganz sicher.« Ich erzählte von Claudias nächtlichem Auftauchen, als ich mit dem Zeitungsausschnitt in der Hand an ihrem Schreibtisch gestanden hatte. »Ich war ein bisschen angetrunken. Kann sein, dass ich das nur geträumt habe.«

»Sie meinen, sie stand nur da und hat nichts zu Ihnen gesagt?«

»Kein Wort. Sie stand nur da. Dann hat sie die Tür zugemacht und war weg.«

»Und danach haben Sie sie nicht mehr gesehen.«

»So ist es.«

»Sie hat ihnen heute Morgen kein Frühstück gemacht?«

»Nein, hat sie nicht. Ihr Mann hat mich das vorhin auch schon gefragt. Das Haus war leer, als ich die Treppe runterkam. Ich hab gerufen. Sie war nicht da. Niemand war da.«

»Und wie haben Sie das Haus verlassen?«

»Wie schon? Durch die Haustür!«

Um wieviel Uhr? Ja, ich weiß, Sie tragen keine Uhr – schätzen Sie bitte, so gut es geht!«

»Wach geworden bin ich um halb zehn. Ich hab nur kurz geduscht, dann bin ich los. Das war vielleicht eine halbe Stunde später.«

»Aber Sie waren erst noch in der Küche.«

Etwas in seinem Ton beunruhigte mich. »Wieso?«

»Sie haben doch eine Nachricht dagelassen.«

»Woher wissen Sie das?«

»Was haben Sie geschrieben?«

»Sinngemäß so was wie ›Wiedersehen, tut mir leid wegen der Sauerei, viele Grüße‹. Reine Höflichkeit.«

Hinter mir lachte es laut. Fick war wieder hereingekommen und wollte sich förmlich ausschütten. »›Tut mir leid wegen der Sauerei‹ – das ist echt ein Hammer! Ein Hammer an Höflichkeit! ›Tut mir leid wegen der Sauerei!‹«

»Hör auf mit dem Gegacker, Helmut«, knurrte Eckermann, »das ist kein Spaß.« Er musterte mich ausdruckslos. »Was meinten Sie mit ›Sauerei‹, Herr Nickel?

Ich deutete auf die Dreckspur, die Bruno in der Halle hinterlassen hatte. »Ich hatte den Hund dabei. Hören Sie, Herr Eckermann, mir ist klar, dass Sie nicht ohne Grund hier sind, und wenn ich Ihnen bei irgendwas helfen kann, tu ich es gern. Ich habe aber nicht den geringsten Anlass, mich von Ihrem Affen dahinten verhöhnen zu lassen.«

»Wie bitte?!« Fick stemmte drohend die Arme in die Seiten. »Wie bitte?!«

»Jetzt hör schon auf, Helmut, er hat ja allen Grund!« Eckermann rutschte ärgerlich auf seinem Keilkissen hin und her.

Mein Handy klingelte. Ich nahm den Anruf an, ohne mich um die beiden Kommissare zu kümmern.

Es war Menges: »Hier ist der Rainer!«

Ich antwortete ebenso fröhlich: »Bin im Studio, ja … nehme gerade ein paar Gitarren auf … ja, wird richtig gut.«

Fick betrachtete mich die ganze Zeit über missfällig nickend. Eckermann sah aus dem Fenster und trommelte mit den Fingern auf den Tisch. Als ich aufgelegt hatte, sagte er: »Schön. Kommen wir auf den Punkt, Herr Nickel.« Er sah auf die Uhr. »Vor anderthalb Stunden, also heute Mittag kurz nach zwölf Uhr, ist in Tengeloh ein Notruf aus dem Hause eines Herrn Dr. Gerhard Noll eingegangen. Der Mann gab an, seine Frau liege verblutet auf dem Küchenfußboden. Der Notarzt war kurz darauf zur Stelle, aber der Tod war tatsächlich schon eingetreten. Ein Messerstich in den Hals hatte eine Arterie und den Kehlkopf getroffen. Auf der Stirn der Frau ein Zettel, durchweicht, aber gut leserlich: *Empfehle mich stickum – tut mir leid wegen der Sauerei. Gruß Paul.*«

Ich sah ihn ungläubig an.

Er hob die Schultern: »Das ist das, was ich von den Tengeloher Kollegen gehört hab. Mal abgesehen von der Aussage des Witwers, dass ein Gast namens Paul Nickel in dem Haus genächtigt hat. Der auf Wunsch der Kollegen festgehalten werden soll, wenn er in Niederholt eintrifft.«

»Was hiermit geschieht«, ergänzte Fick. Sein Grinsen war verschwunden. »Nur eine Frage, Herr Nickel: Wenn Sie um zehn Uhr schon den Tatort verlassen haben – was haben Sie dann in den drei Stunden bis zu Ihrer Ankunft hier in Niederholt gemacht? Wo waren Sie da?«

Bevor ich es sagte, wusste ich schon, dass es sich saublöd anhören würde. »Ich bin versehentlich falsch auf die Autobahn aufgefahren und hab es erst in Großburgwedel gemerkt.«

Die beiden Kommissare sahen sich an. Ficks Mundwinkel hoben sich verächtlich, Eckermann schien enttäuscht.

3. Kapitel

Das Singen in meinen Ohren wurde mir noch vor den Kopfschmerzen bewusst. Es hatte nichts von den triumphierenden Fanfaren des Vorabends an sich, es war unangenehm schrill und stetig. Es war wie ein Konzert aus mehreren Trillerpfeifen oder wie ein vielstimmiges Piepen aus zehn kaputten Radios. Ich hörte es beim Aufwachen, beim Aufstehen, beim Zähneputzen, beim Anziehen, beim Frühstück. Wir hockten verkatert im halb leeren Speisesaal und tranken unseren Frühstückskakao. Doro fehlte. Nolli manschte stumm mit dem Löffel in seinen Haferflocken. Rolli war vergleichsweise munter, aber ich hatte kein Ohr für sein Geplapper, weil ich fürchtete, jeden Moment zum Chef gerufen zu werden.

Als wir nach dem Frühstück zur Andacht in die Aula hinübergingen, schloss sich uns Armin an. Er war in letzter Zeit umgänglicher geworden. »Dem Witte ist ganz unversehens ein Hirn gewachsen«, war Rollis Erklärung, was Armin überraschenderweise nicht übelnahm.

In der Aula suchte ich den Raum mit den Augen nach dem Chef ab, aber er war nicht zu sehen. Die Andacht stellte den Abschluss des Festes dar, deshalb waren viele Ehemalige gekommen. Die meisten trugen Anzüge und Krawatten. Einige würden anschließend bei Kosanke zu Mittag essen, nachmittags würde man noch ein wenig auf dem Schulgelände umherspazieren, um schließlich nach und nach zu verschwinden und Brokheide in die alte Enge zurücksinken zu lassen.

Die Predigt hielt ein Ehemaliger, ein Pfarrer offenbar, der kein Ende fand. Während seiner frommen Witzchen schob ich mich unauffällig nach vorn in die Nähe des Klaviers und suchte Augenkontakt zu Irene Bozetti. Ich war mir sicher, dass sie mich bemerkte, doch sie tat, als sei ich Luft, obwohl ich mich immer wieder in ihrem Blickfeld bemerkbar machte. Es war nicht einmal so, dass ich den Schlüssel zum Schlagzeug wiederzubekommen hoffte, ich hatte einfach nur Angst, wollte wissen, was mich erwartete. Und ich sehnte mich nach Vergebung. Ich wurde aber keines Blickes gewürdigt.

Doro kam auch zum Mittagessen nicht. Dafür fand sich Armin an unserem Tisch ein und erklärte, er habe eine Überraschung. Mit mäßigem Interesse folgten wir ihm durch den Wald bis hinunter an die Bilse. Dort hatte er einen Kasten Bier im Wasser stehen; angesichts der Hitze eine gute Idee. Wir ließen uns im flimmernden Halbschatten der Uferbäume nieder, tranken und rauchten. Armin krempelte die Hosenbeine bis über die Knie hoch, zog sein Hemd aus und watete durch den gluckernden Bach, um Forellen zu fangen, wie er erklärte. Rolli machte sich über ihn lustig, bis Armin plötzlich einen Fisch hochhielt. Er umfasste das zappelnde, glitzernde Tier fest mit beiden Handflächen, hob es hoch über den Kopf und lachte.

»Lass ihn los«, schrien wir, »lass ihn los!«

Er öffnete die Hände, die Forelle schnellte sich mit einem heftigen Schwanzschlag von ihm fort und landete klatschend im Geröll der Uferböschung, wo sie wild hin und her zuckte. Armin packte sie mit raschem Griff und setzte sie wieder ins Wasser, doch statt sich davonzumachen, schwamm sie in unfreiwilliger Seitenlage im Kreis. Armin sah eine Weile zu, schließlich hob er die Schultern und machte dem Gezappel mit einem Knüppel ein Ende, dass das Wasser sich rötete. Dann fuhr er fort umherzuwaten und jeden Stein umzudrehen. Wir lagen auf dem Rücken und sahen durch die Erlenkronen in den leuchtend blauen Himmel, bis uns die Augen wehtaten. Rolli verstummte nach dem dritten Bier, er schlief einfach ein. Ich lauschte auf Armins Geplätscher und auf das Summen der Insekten. Das Singen in meinen Ohren störte. Wenn ich darauf achtete, wurde es lauter. Wenn ich an etwas anderes dachte, trat es in den Hintergrund.

Nolli war völlig in sich gekehrt. Nachdem er lange dagelegen und in die Baumwipfel geschaut hatte, setzte er sich auf, legte die Arme um die Knie und den Kopf obendrauf.

Ich erzählte ihm von Irene Bozettis Auftauchen in der Musikzelle. »Irgendwas war komisch an der Sache. Ich meine, ich weiß: Als sie mir damals den Schlüssel gegeben hat, musste ich ihr versprechen, dass ich nie jemanden da mit reinnehme. Aber das war, damit dem Schlagzeug nichts passiert, oder? Und gestern Abend war das Schlagzeug nicht mal da.«

»Sei nicht blöd, Paul. Du hast da im Dunkeln an einem Mädchen rumgefummelt, und das ist das Böseste, Sündhafteste, Teuflischste, was einer in Brokheide tun kann. Wir sollen hier alle unberührte, weiße Unschuldslämmchen sein. Wir leben im Mittelalter! Vergessen?«

Er hatte recht. Draußen in der richtigen Welt hatte die Jugend seit Jahren Fotos mit den nackten Ärschen von Rainer Langhans und Uschi Obermeier überm Bett hängen, lachte über die betulichen Oswald-Kolle-Filme und nahm sich mit größter Selbstverständlichkeit jede Freiheit, während die Mädchen im Brokheider Religionsunterricht noch immer streng davor gewarnt wurden, sich »an einen Jungen wegzuwerfen«. Was dabei verloren gehe, erklärte der Chef hochtrabend, sei unwiederbringlich dahin, irreparabel wie ein Sprung in einer zuvor unversehrten, unsagbar zarten Kristallkugel.

Wir Jungen wurden derweil darauf hingewiesen, dass jede Ersatzhandlung das Knochenmark angreife. Wir lauschten diesen Ausführungen im vollen Bewusstsein ihrer Blödsinnigkeit und empfanden sie aus täglicher Gewohnheit doch als normal.

Nolli begann, Steinchen in den Bach zu werfen, um Armin nasszuspritzen. »Falls wir in dem Zuchthaus hier jemals Abi machen, kommen wir als völlig verkorkste, verblödete Idioten raus. Ich für mein Teil bin ja wohl schon nicht mehr zu retten.«

»Wieso das denn?«

»Das fragst du nicht im Ernst, oder? Sieht doch jeder, wie ich mich zum Deppen mache. Bin ich irgendwie abstoßend? Missgebildet? Entstellt? Hab ich vielleicht einen Buckel, von dem ich nichts weiß? Ist mein Anblick ekelerregend? Hab ich irgendeinen Grund, auf Knien hinter einer Tussi herzurutschen, die so tut, als wär ich Dreck?«

Der arme Nolli hatte echten Kummer. Claudia wollte ihn nicht. Sie schien zwar auch sonst keinen zu wollen, aber das tröstete Nolli nicht.

»Vielleicht ist sie andersrum«, gab ich zu bedenken.

»Ach was, die steht auf Tom Jones und Neil Diamond, träumt wahrscheinlich insgeheim von Udo Jürgens.« Er warf einen größeren Steinbrocken, und die Fontäne erwischte Armin.

Der schickte lachend eine Fontäne zurück, watete zum Bierkasten und nahm sich eine neue Flasche. »Du nimmst das zu ernst«, sagte er zu Nolli. »Du darfst dich nicht auf eine festlegen. Es gibt doch genug Weiber. Irgendeine will immer, also was soll's?«

Er stand da wie Herkules, trank mit weit zurückgelegtem Kopf, die Sonne leuchtete durch die Bierflasche. Er sah besser aus als Nolli, ich und der schnarchende Rolli zusammen. Obendrein hatte sein Vater Geld. Kein Wunder, wenn bei Armin immer irgendeine wollte. Er wischte sich das Kinn mit dem Handrücken. »Außerdem bringt es sowieso nichts, sich mit den verklemmten Heimzicken hier einzulassen.«

»Claudia ist eine Externe«, sagte Nolli, »die kommt aus Tengeloh.«

»Vielleicht will sie deshalb keinen Heimser.« Armin warf die leere Flasche in hohem Bogen durch die Baumwipfel. »Als Heimser bist du doch nur ein Hanswurst – pünktlich aufstehen, pünktlich zum Essen, pünktlich ins Klassenzimmerchen, pünktlich zum Silentium, pünktlich ins Bettchen. Du darfst dir ja nicht mal alleine Salz in die Suppe tun. Was soll eine Frau denn von so einem Waschlappen halten?«

»Du bist doch selber einer!«

»Nicht am Wochenende! Zu Hause kann ich machen, was ich will. Wisst ihr was? Ich hab eine Idee! Wisst ihr, was wir machen, wenn ich den Führerschein habe? Wir fahren an den Wochenenden rauf nach Ostfriesland! Meine Alten haben ein Wochenendhaus an der Harle, nur ein paar Kilometer weit von der Nordsee. Sturmfreie Bude, Strand, jede Menge zu saufen! Die Weiber rennen uns die Tür ein.«

Das klang gut, aber ohne Führerschein war es vorerst nichts mit der großen Freiheit. Ich verbrachte meine Wochenenden wie gehabt in Brokheide. Allerdings nicht mehr am Schlagzeug. Irene Bozetti meldete meinen Frevel aus unerfindlichen Gründen nicht weiter, doch ich war für sie gestorben. Und was noch schlimmer war: Auch Doro hielt sich wieder von mir fern. Sie war freundlich, aber abweisend, fast ein bisschen traurig, und sie wimmelte jeden Annäherungsversuch kompromisslos ab. Ich verstand die Welt nicht mehr.

So schloss ich mich dem ebenso verlorenen Nolli an. Ohne groß darüber zu sprechen, teilten wir unser Leid, indem wir uns gemeinsam mit Rolli und Armin den anderen Stammgästen bei Kosanke zugesellten und uns in die Schar derer einreihten, die dort auf Bierdeckeln Striche sammelten und bei jedem Öffnen der Eingangstür synchron ihre Zigaretten unterm Tisch verschwinden ließen, um nicht von Himmler beim Rauchen erwischt zu werden. Wenn das Wetter danach war, wanderten wir nach Tengeloh in den *Heidkrug*, oder wir schleppten eine Bierkiste an die Bilse und tranken dort. Manchmal fanden wir sogar weibliche Gesellschaft, aber soweit es Nolli und mich betraf, wurde nie was Nennenswertes daraus. Uns fehlte der Schwung.

Gelegentlich brachte irgendwer eine Klampfe mit und animierte mich zum Singen. Meine Finger waren eingerostet, fürs Akkordeschrummeln reichte es jedoch allemal. Besonders die Mädels mochten meine Stimme; leider sangen alle auch gern selbst mit, sodass mir das Gejohle meist schnell auf die Nerven ging. Unser Trübsinn ging mit einer wachsenden Dickfelligkeit einher, einer Gleichgültigkeit, die auch die zahllosen Brokheider Vorschriften betraf. Rolli, der unter keinem Kummer litt, sondern nur an krasser Unterforderung, schaffte es zunehmend, uns in alle möglichen Possen hineinzuziehen – besonders nachts, wenn er nicht schlafen konnte. Einmal fuhren wir mit den Speisenaufzug in die Küche hinunter, nur um festzustellen, dass dort genau das Essen bereitstand, das wir am nächsten Tag bekommen sollten.

Ein anderes Mal kletterten wir an der Regenrinne ins Freie, obwohl wir ebenso gut die Treppe und eine Terrassentür hätten nehmen können. Wie sich zeigte, hätte das insbesondere den Rückweg sehr erleichtert. Am besten war noch Rollis

»Verdunkelungserleuchtung«. Statt abends zwangsweise das Licht zu löschen und uns sauberen Träumen hinzugeben, hätten wir alle lieber noch gelesen oder ein paar versäumte Arbeiten für die Schule nachgeholt. Von außen wäre jedoch jeder Lichtschein zu sehen gewesen und hätte unweigerlich Himmler auf den Plan gerufen. Eines Tages nun schleppte Rolli eine Rolle schwarzer Plastikfolie aus Tengeloh an. Die schnitt er in fensterscheibengroße Stücke und klemmte sie jeweils zwischen die inneren und äußeren Flügel der Doppelfenster. Danach konnten sämtliche Lampen im Zimmer wieder angeknipst werden. Eine geniale Idee, denn von außen war nicht der kleinste Schimmer wahrzunehmen, und von innen war die Folie ebenso schwarz wie die Nacht. Letzteres galt allerdings auch tagsüber, was sich eines sonnigen Sonntagmorgens als verhängnisvoll erwies.

Nur verschwommen wehten Echos der Außenwelt in unsere Brokheider Abgeschiedenheit. Baader-Meinhof, Apollo 16, Paul McCartneys *Wings*, Radikalenerlass – nichts als schwache Signale von einem fernen Planeten.

Was mir jeden Tag aufs Neue wehtat, war der Abstand, den Doro zu mir hielt. Obwohl sie mir nach wie vor beim Essen gegenübersaß, obwohl ich die Zuneigung in ihren Augen sehen konnte, schien sie sich immer weiter von mir zu entfernen. Sie mied Kontakte überhaupt, ging allein ihrer Wege.

Nolli war nicht besser dran als ich, denn Claudia blieb ihm und allen anderen in ähnlicher Weise fern, war höchstens mit ihrem Bruder zu sehen, der nach zweimaligem Sitzenbleiben in unserer Klasse gelandet war. Jan suchte eine Weile bei uns Anschluss, wohl, weil wir inzwischen den Ruf verwegener Teufelskerle hatten. Wir mochten Jan aber nicht; Armin zog ihn ständig auf, und Rolli war er selbst dafür zu blöd.

Einmal lud Jan uns auf einen Samstagabend zu sich nach Hause ein. Keiner hatte Lust hinzugehen außer Nolli – er witterte eine Chance, Claudia näherzukommen, und er gab keine Ruhe, bis er uns breitgeschlagen hatte. Der Apotheker besaß am Tengeloher Ortsrand einen alten Bauernhof. In der Scheune standen immer noch landwirtschaftliche Geräte herum, das Wohnhaus selbst war aufwendig hergerichtet und mit rustikalen Eichenmöbeln und goldgerahmten Ölschinken dekoriert. Jan führte uns herum, dann hockten wir oben in seiner Bude und tranken Bier. Über seinem Bett hing ein großes Schwarzweißposter, das einen Querschnitt durch eine Pistole zeigte. Die Munition im Lauf und im Magazin bestand aus hockenden Figürchen, die jeweils eine eigene, kleine Pistole in der Linken hielten. Sie trugen Helme und gasmaskenartige Brillen und sahen alle völlig gleich aus. Unter dem Abzug war der Name des Künstlers eingeprägt: *H.R. Giger*.

»Es heißt *Gebärmaschine*«, erklärte Jan. Er stapelte in seinen Regalen Landserhefte, überall standen Plastikmodelle von Panzern und Flugzeugen. Aus dem Schrank holte er eine Stahlkassette, in der er allerlei Orden und Abzeichen mit Hakenkreuzen aufbewahrte. Sein größter Stolz war ein durchlöcherter Wehrmachtsstahlhelm.

»Den hab ich selbst ausgegraben, im Wald hinten bei Moorbostel.« Er steckte den Zeigefinger durch das Schussloch: »Schade, dass der Schädel nicht mehr drin war.«

Nach dem zweiten Bier wollte selbst Nolli nicht mehr bleiben; Claudia hatte sich nicht blicken lassen. Wir behaupteten, ins Heim zurückzumüssen und wechselten hinüber in den *Heidkrug*. Dort saßen wir in letzter Zeit immer öfter. Unsere schulischen Anstrengungen hatten wir auf ein Minimum reduziert. Während die beiden Mädchen mit Blick auf das nahende Abitur immer fleißiger wurden und selbst nach Unterrichtsschluss oft noch den Weg zu den Lehrerhäusern einschlugen, waren wir es zufrieden, mit ein bisschen Dussel und Beschiss so eben über die Runden zu kommen.

Das Kollegium sah es mit Gleichmut – die meisten Lehrer hatten uns schon abgeschrieben. Am offensten zeigte das der Toni. Wenn wir ihm »guten Morgen« wünschten, antwortete er spöttisch: »Vae, morituri me salutant« – wehe, die Todgeweihten grüßen mich.

* * *

Es war ein ekelhaftes Foto. Claudias Augen waren nur halb geschlossen. Der Kopf war leicht seitwärts gedreht, sodass der Stich im Hals aufklaffte, mein Zettel befand sich tatsächlich auf ihrer Stirn. Er war mit der Heftzwecke festgemacht, die ich für die Pinwand benutzt hatte, und er war trotz der Flecken gut zu lesen: *Empfehle mich stickum – tut mir leid wegen der Sauerei. Gruß Paul.* Alles Blut musste den Körper verlassen haben; er schwamm darin, die Haut war fahl wie Papier, sogar die Lippen.

Mir war flau im Magen. Ich hatte kaum geschlafen, weil ich auf unzählige Arten versucht hatte, Doro im Internet aufzutreiben. Auf die Eingabe *Sieck* hatten die Suchmaschinen eine Viertelmillion Ergebnisse geliefert, auf *Dorothee* zwei Millionen, auf *Doro* fünf Millionen, auf *Dorothee Sieck* gar keines. Die Kombination ihres Namens mit *Brokheide* war ebenso erfolglos gewesen. Vielleicht war sie im Übrigen längst verheiratet und hieß jetzt ganz anders. Ich hatte die Website der Brokheider Ehemaligen durchforscht, alle möglichen Schulfreunde-Foren und School Friends Finder abgeklappert – vergebens. Derweil hatte die ganze Nacht über ein

Polizeiwagen vor dem Haus gestanden, und in aller Frühe hatten sie mich abgeholt.

Ich schob das widerliche Bild von mir. Fick beobachtete mich genau. Anscheinend fand er meine Reaktion unbefriedigend, denn er sagte: »Ich hab Leute, die so was anrichten, noch nie verstehen können, aber Sie sind echt das Letzte. Sie fanden das noch witzig, was?!«

»Reden Sie nicht so saudumm daher!« Ich war müde. »Selbst Sie müssten mich gut genug kennen, um zu wissen, dass ich niemals zu einer solchen Geschmacklosigkeit fähig wäre – und schon gar nicht zu einer solchen Blödheit! Glauben Sie wirklich, ich würd mein Opfer eigens mit einer handschriftlichen Notiz versehen, damit ich auch ja als Mörder dastehe?«

»Sie geben doch zu, dass Sie das geschrieben haben!«

»Klar hab ich's geschrieben. Aber da lag noch keine Leiche in der Küche! Ich hab den Zettel an die Pinwand gehängt und das Haus um zehn herum verlassen.«

»Und haben dann von dort bis Niederholt drei Stunden gebraucht.«

»So ist es. Ich hab Ihnen ja erklärt, warum. Was glauben *Sie* denn, was ich in der Zeit gemacht hab? Vielleicht mal eben literweise Blut aus meinen Kleidern gewaschen und den Hund gebadet? Das kann ja wohl nicht ihr Ernst sein.«

»Wir werden schon sehen, was sich in Ihren Kleidern findet. Geduscht haben Sie jedenfalls, das haben Sie zu Protokoll gegeben.«

»Allerdings hab ich geduscht, aber dabei kann ich ja wohl kaum meine Klamotten gewaschen haben!«

»Die müssen nicht notwendigerweise blutig geworden sein. Vielleicht sind sie ganz sauber geblieben.«

»Wie hätte das gehen sollen?«

»Sehr einfach. Sagen wir mal, Sie sind so gegen elf aufgestanden. Laut Ihrer Aussage hatte Ihnen Dr. Noll abends Handtücher und einen Bademantel gegeben. Na bitte! Sie ziehen den Bademantel über, gehen nach unten und finden in der Küche Frau Noll – eine Vertraute aus alten Zeiten, attraktiv und ganz allein im Haus.«

»Und da reiße ich mir spontan den Bademantel vom Leib, greife mir splitternackt das nächstbeste Küchenmesser und massakriere sie damit!? Wieso hätte ich das tun sollen?«

»Sagen *Sie* es mir! Erklären *Sie* mir doch mal, wie Ihre Fingerabdrücke auf das Messer gekommen sind!«

Statt ihm zum x-ten Mal die verdammte Mortadella aufzutischen, wandte ich mich an Eckermann, der missvergnügt auf seinem Keilkissen hockte: »Ich kann gut verstehen, dass Sie mit diesem Schwachsinn nichts zu tun haben wollen, Herr Hauptkommissar, aber für mich als Steuerzahler ist es sehr unbefriedigend, einen Beamten untätig dasitzen zu sehen. Wollen Sie Ihrem Kollegen nicht langsam mal etwas geistige Schützenhilfe geben? Er hat sie bitter nötig!«

Eckermann seufzte. »Lassen wir die Animositäten, Herr Nickel. An folgenden Tatsachen ist nicht zu rütteln. Gestern Mittag gegen zwölf hat der Notarzt Frau Nolls Tod festgestellt. Ihr Körper war warm, sie muss nach Ansicht der Mediziner um elf noch gelebt haben. Kurz vor zehn hat sie überdies noch ihren Sohn zum Bahnhof gebracht. Die beiden sind gesehen worden, der Junge ist in Hamburg angekommen, er kann also mit dem Tod der Mutter nichts zu tun haben. Sie, Herr Nickel, haben hingegen im Haus der Nolls geschlafen, an verschiedenen Stellen in der Küche sowie auf der Mordwaffe sind Ihre Fingerabdrücke gefunden worden, und Ihr merkwürdiger Abschiedsgruß war an der Leiche ... befestigt. Sie behaupten, das Noll'sche Haus um zehn verlassen zu haben, aber dafür gibt es keinen Beleg, niemand hat Sie im Ort gesehen – Sie sind angeblich auf einem kleinen Fußweg außen herum zu Ihrem Wagen gelaufen. Außerdem sind Sie erst um eins in Niederholt eingetroffen. Das sind die Fakten. Daran ist einiges erklärungsbedürftig, das werden Sie zugeben. Und ich kann nicht finden, dass Sie uns besonders behilflich sind!«

»Wie könnte ich denn?! Frau Noll war ja noch nicht vom Bahnhof zurück, als ich los bin. Ich hab laut gerufen, niemand hat geantwortet. Ich hab den Zettel geschrieben, hab zwei Stücke Wurst abgesäbelt, und eine halbe Stunde später hatte ich schon die Autobahn erreicht. Das war um fünf vor halb elf, das weiß ich, denn da hat mich Dr. Noll aus seiner Praxis auf dem Handy angerufen und gefragt, ob ich von seiner Frau Frühstück gekriegt hätte.«

»Dr. Noll hat Sie um fünf vor halb elf aus seiner Praxis angerufen?«

»Hab ich gerade gesagt.«

»Woher wissen Sie denn, dass er Sie von dort aus angerufen hat?«

»Er hat es erwähnt. Er hat gesagt, dass er mit seiner Zweitkraft bei der Arbeit ist.«

»Warum hat er das erwähnt?«

»Da fragen Sie ihn am besten selbst. Ich nehme an, er wollte mir zu verstehen geben, seine Frau sei eigens nicht in die Praxis gegangen, um mir Frühstück machen zu können.«

Fick mischte sich wieder ein: »Wie kann das Haus dann leer gewesen sein?«

»Sie haben es doch gerade gehört: Die Frau hat in der Frühe erst noch ihren Sohn zur Bahn gebracht! Als sie zurückkam, war ich schon unterwegs, hab die falsche Autobahnauffahrt genommen und bin um eins rechtzeitig in

Niederholt angekommen, um mich von Ihnen in Empfang nehmen zu lassen.«

Eckermann seufzte wieder. Ihm grauste anscheinend ebenso wie mir vor der Aussicht, das Verhör stundenlang fortsetzen zu müssen, aber daran ging kein Weg vorbei. Wieder und wieder wurden alle Einzelheiten durchgekaut. Insbesondere Fick wurde nicht müde, immer aufs Neue dieselben Fragen zu stellen, er ritt hartnäckig auf den Punkten herum, die mich belasteten, er versuchte, mich in Widersprüche zu verwickeln und tat sein Möglichstes, um mir die Wahrheit zu entreißen. Die hatte ich freilich von Anfang an gesagt, und da ich unbeirrt dabei blieb, kamen wir keinen Schritt voran, zumal sich ums Verrecken kein Motiv für die Tat bei mir finden lassen wollte. Eine Zeit lang forschte Fick mich über das kleine Herz aus, aber da tappte ich ja selbst im Dunkeln. Immer wieder erklärte er wütend, ich möge mich ruhig für hartgesotten halten, er habe schon ganz andere kleingekriegt, dann fing er wieder von vorne an. Es war später Nachmittag, als Eckermann endlich ein Einsehen hatte und mich entließ.

»Hier«, sagte er und reichte mir ein Visitenkärtchen, »meine Nummer im Büro und meine Handynummer, für den Fall, dass Ihnen doch noch was einfällt, das Sie mir sagen möchten.«

Fick hielt mir noch einen dröhnenden Vortrag darüber, dass er es in der Hand habe, mich jederzeit in eine Zelle zu stecken, jeder Richter werde ihm sofort zustimmen. Dann wurde ich angewiesen, mich verfügbar zu halten, und schließlich wurde ich von einem Uniformierten nach Hause gebracht. Ich war total abgekämpft.

Wie am Vortag öffnete sich die Haustür, bevor ich den Schlüssel ins Schloss stecken konnte; Anneliese hatte ganz rote Backen vor Wissbegier. Ich war von der Polizei abgeholt und den ganzen Tag dabehalten worden – das verlangte nach

Aufschluss! Ihn zu verweigern, wäre nicht klug gewesen, denn ich wusste nicht, was Anneliese von dem gestrigen Verhör hier im Haus mitbekommen hatte. Die Erklärung, die ich ihr jetzt gab, war noch am ehesten diejenige, die in Niederholt die Runde machen würde.

Ich ließ mich am großen Tisch auf einen Stuhl fallen, bat um ein Glas Mineralwasser und sah die Post durch. Ein paar Rechnungen, Werbung, zwei Zeitungen. Der *Wittholter Anzeiger* hatte mal wieder geschlafen, aber das Anzeigenblättchen, die *Heidepost*, brachte das Verbrechen auf Seite eins: *Blutiger Mord in Tengeloh,* dazu ein Bild des Hauses mit rot eingekreister Terrassentür zur Küche. Der Artikel auf Seite zwei enthielt nur wenige Einzelheiten; die Polizei hatte sich bedeckt gehalten. Noll war natürlich erwähnt. Spekulationen, ob »der beliebte Arzt« oder sonst jemand verdächtigt werde, wurden nicht angestellt. Für auffällig hielt der Autor den Umstand, dass der Bruder des Mordopfers erst kürzlich »einem rätselhaften Unfall« zum Opfer gefallen war. Da war was dran.

Als Anneliese mit dem Mineralwasser kam, klopfte ich nur mit dem Zeigefinger auf das Anzeigenblatt und nickte vielsagend. Sie stemmte die Arme in die Hüften: »Nee, wa?!«

»Doch.«

»Ist nicht wahr!«

»Doch.«

»Du – weißt' was, Paul, das hab ich mir doch sofort gedacht! Wie ich vorgestern hier angekommen bin und du warst weg, da hab ich mir sofort gedacht: Der ist nach Tengeloh gefahren, wegen dem kleinen Herz! Und nu das! Mensch, du hast ja wohl eine komische Anziehungskraft auf Mord und Totschlag, wa?! Sag bloß, du hast die Leiche gesehen!«

Ich schüttelte den Kopf: »Nee, das nun nicht.«

»Aber du warst in Tengeloh!«

Ich tippte wieder auf die *Heidepost*: »Ich war sogar in dem Haus da! Aber lange vor dem Mord.« Ich hütete mich, zu viel zu sagen. Anneliese glaubte nämlich grundsätzlich nur das vorbehaltlos, was sie einem selbst aus der Nase gezogen hatte.

»In dem Haus?! Das gibt's ja wohl gar nicht! Hast du die Tote gekannt?! Hat *die* dir das Herz geschickt?«

Ich hob die Schultern. »Fragen kann ich sie nun nicht mehr.«

»Da sagst du was! Was sagt denn die Kripo, wer's war?«

»Sie wissen es nicht.«

»Ha! Das kann ich mir denken!« Nach Annelieses Meinung bestand die Kriminalpolizei ausschließlich aus Trotteln. »Und was wollten die nun von dir?«

»Die fragen mir doch jedes Mal ein Loch in den Bauch, wenn ich bei so was in der Nähe bin.«

»Ja, und nachher kommen sie denn an und lassen sich von dir den Verbrecher auf'n Silbertrapez servieren.«

Das, fand ich, war ein guter Zeitpunkt, das Gespräch zu beenden. Mit einem Ruck stellte ich das Wasserglas auf den Tisch. »Anneliese, ich bin total erledigt. Ich brauche ein Bad.«

Sie zog ein Gesicht. Sie hätte zu gern sämtliche Einzelheiten aus mir rausgequetscht, aber ich marschierte einfach davon, schloss die Tür hinter mir und drehte den Wasserhahn auf.

An anderen Tagen hielt ich es nie besonders lange in der Wanne aus. Normalerweise brachte ein Bad nämlich mein Gehirn in Schwung; die Stille und die Abgeschiedenheit förderten meine Konzentration, weiteten den Horizont, förderten ungestörte Gedankengänge. Meist saß ich schon nach kurzer Zeit wieder im Bademantel am Rechner oder an der Gitarre, um irgendwelche Ideen festzuhalten. Diesmal jedoch war ich fix und alle. Ich lag wie gelähmt im heißen Wasser, der Tinnitus tobte in meinen Ohren, meine Beherrschung war davongeschwommen, das Erlebte stürmte in wüstem Durcheinander auf mich ein. Brokheide war in meiner Erinnerung immer ein Alptraum gewesen – wie hatte ich nur riskieren können, ihn ein zweites Mal wahr werden zu lassen! Gestochen scharf erschien mir das Foto der toten Claudia, die wächserne Blässe, die weißen Lippen, der Blutsee, mein rot gesprenkelter Zettel auf ihrer Stirn. Wenn sie es gewesen war, die mir Doros kleines Herz geschickt hatte, wenn sie irgendetwas Furchtbares gewusst oder geahnt hatte – warum hatte sie dann nicht mit mir darüber gesprochen? Ihr Tod musste mit dem ihres Bruders in Zusammengang stehen, dem angeblichen »tragischen Unfall in der Kiesgrube«. Dass die Geschwister in so kurzem zeitlichen Abstand umgekommen waren, konnte unmöglich ein Zufall sein. Und wenn die Todesfälle zusammenhingen, mussten beide mit Doro zu tun haben. Aber wie? Doro hatte wenig Kontakt zu anderen gehabt, am wenigsten zu Claudia, und zu Jan gar keinen. Wo war die Verbindung?

Ein Geräusch drängte sich beharrlich in mein Bewusstsein. Das Telefon. Ich war nahe daran aufzuspringen, doch dann hielt ich mich zurück. Wenn man wegen eines Anrufs aus der Wanne steigt, hört der Apparat bekanntlich genau in dem Moment auf zu klingeln, in dem man klatschnass davorsteht. Ich blieb also, wo ich war, und wartete. Nach dem letzten Ton versuchte ich mich wieder zu entspannen. Es dauerte aber keine zehn Sekunden, und irgendwo ging mein Handy los. Jemand musste mich sehr dringend erreichen wollen. Rainer Menges vermutlich. Schön, er war wichtig, aber ich würde mich von ihm nicht mit triefenden Haaren durch die Gegend jagen lassen.

Ich zwang mich zur Ruhe, trocknete mich ab und holte mir bequeme, weiche Klamotten aus dem Kleiderschrank. Dann erst ging ich und sah auf meinem Handy nach, wer mich angerufen hatte. Die Nummer wurde nicht angezeigt. Dafür dudelte das Festnetztelefon wieder. Ich griff nach dem Hörer: »Nickel?«

»Gott sei Dank!«

Die helle Stimme am anderen Ende klang sehr vertraut.

* * *

Wir hatten fest damit gerechnet, Armin werde von seinem Vater einen dicken Schlitten zum Führerschein geschenkt kriegen. Pustekuchen: Er bekam einen sechs Jahre alten, blassgrünen VW-Käfer mit 34 PS. Armin nannte die Farbe »Bahamablau«. Wir hielten das zunächst für Sarkasmus, bis er uns erklärte, dies sei tatsächlich die offizielle Bezeichnung. So wurde der Wagen »Bounty« getauft.

Brokheider Heimsern waren Autos verboten, deshalb wurde die Bounty für eine Wuchermiete bei einem Bauern in der Nähe untergestellt. Dort parkte sie hinter einem Schuppen im Freien, was den Nachteil mit sich brachte, dass sie oft nicht ansprang. Wir waren geteilter Meinung darüber, ob es an der Batterie, an der Lichtmaschine oder an beiden liege. Armin sprach fachmännisch von »den Kohlen«, ohne näher bestimmen zu können, was das war. Fest stand, dass das Vehikel bei feuchtem Wetter angeschoben werden musste. Meist waren wir mindestens zu viert, sodass der Start kein Problem darstellte; der Bauer allerdings, der unserer Beinarbeit jedes Mal grinsend zusah, wenn wir über seinen schlickerigen Hof glitschten, wurde uns zunehmend unsympathisch.

Es war ein strahlender Samstagmittag, als wir erstmals zu einer Tour nach Ostfriesland aufbrachen. Als Oberprimanern war es uns großzügig gestattet, selber die Abmeldung zur Wochenendheimfahrt einzureichen, sodass uns niemand vermissen würde. Der Motor der Bounty startete bereitwillig beim ersten Versuch. Nolli saß wegen seiner Länge vorn neben Armin, Rolli und ich saßen hinten und hatten zwei Mädels zwischen uns gequetscht, die sich von Armin und Rolli zur Mitfahrt hatten überreden lassen. Hinter der Lehne der Rückbank lagerten ein beträchtlicher Biervorrat und eine Flasche Mariacron. Auf der Karte sah die Strecke gar nicht so weit aus, aber sie zog sich, und auf der Höhe von Bremen drohten die gequetschten Mädchen mit Streik.

»Kommt nicht in Frage«, erklärte Armin. »Wer meutert, wird ausgesetzt und muss sich mit den Eingeborenen paaren wie weiland Marlon Brando auf den Bahamas. Ich bin als Kapitän jedoch dazu bereit, eine kurze Pause und eine Rumration für die Mannschaft zu genehmigen.«

»Soweit ich weiß, hat der Käpt'n nicht Marlon Brando ausgesetzt, sondern Marlon Brando den Käpt'n«, stellte Rolli richtig, »außerdem war das nicht auf den Bahamas, sondern im Pazifik.«

»Jedenfalls dürfte Marlon Brando damals im Gegensatz zu euch einen Führerschein besessen haben.« Armin bog mit selbstgefälligem Grinsen in einen Feldweg ein und hielt am Waldrand neben einem Holzstapel. Wir vertraten uns die Beine und hüpften umher, dann stärkten wir uns, ans Auto und aneinander gelehnt, mit Bier und Zigaretten. Der Wald verströmte einen schweren Duft nach Moos und Kräutern, das frisch geschlagene Stapelholz roch intensiv nach Harz.

»Bozetti!«, schrie Nolli plötzlich und zeigte zum Himmel. »Bozetti! Sagenhaft!«

Tatsächlich, einer der weißen Wolkenberge im leuchtenden Blau hatte das Profil der Musiklehrerin angenommen: die hohe Stirn, die große, geschwungene Adlernase, die strengen Lippen über dem energischen Kinn. Während die Kontur allmählich wieder verflog, entdeckten wir in anderen Wolken immer neue Bilder, Tiere, Schiffe, Kontinente, Haushaltsgeräte. Rolli bewies ein erfinderisches Auge für Genussmittel wie Kartoffelklöße und Brathähnchen, Nolli neigte mehr zu inneren Organen, Armin zeigte sich geschlechtlich orientiert, und die Mädels machten am liebsten Kätzchen und Pferde aus.

»Der Hang des weiblichen Geschlechts zum Pferd gibt mir schon lange zu denken«, sinnierte Armin. »Ihr müsst mal drauf achten: Auf höchstens einem von zehn Gäulen, die durch die Heide schaukeln, sitzt ein Mann. Die anderen neun werden von Frauen in extrem eng sitzenden Hosen geritten – zu welchem Zweck auch immer.«

»Pfui.« Nolli tat indigniert. »Was immer deine sudelige Phantasie dir suggeriert, es ist krank und verstiegen. Die Affinität von Frau und Pferd ist nicht zu leugnen, aber sie ist durch und durch unschuldig. In der Sexta hat uns der Hedderich mal in Kunst das Thema gestellt: ›Meine Lieblingsfarbe wandert durch die Welt.‹ Sofort hat sich eins von den Mädels gemeldet und gefragt: ›Darf meine Lieblingsfarbe auch ein Pferd sein?‹«

»Das war ich«, sagte Rollis Begleiterin.

Er legte fürsorglich den Arm um sie und sagte zu uns: »Das ist lange her, inzwischen hat sie auch noch ganz andere Interessen, stimmt's, Friederike?«

Nolli nickte mir melancholisch zu und zitierte: »Ja, ja, der Jugend glückliche, unschuldige Spiele.«

Rolli war begeistert: »Kalle Blomquist!«

Während der Weiterfahrt versuchten wir, uns mithilfe der Räubersprache der Roten Rose zu verständigen, was sich als ganz schön schwierig erwies.

Armin schaffte es am flüssigsten: »Jojevoveror, wowiror sosinondod bobaloldod amom Zozielol!«

»Wowasos?« Friederike war am bemühtesten, verstand aber am wenigsten.

Rolli küsste sie aufs Ohr. »Wir sind bald da, momeinon Schoschatzotz.«

Schmale Straßen, Gräben, Deiche, plattes Land, dann die Harle, von Wiesen und Bäumen gesäumt. Die Nachmittagssonne glitzerte auf dem Wasser, als wir vor einem roten Backsteinhäuschen ausrollten.

»Voilà – die *Villa Witte.*« Armin stellte den Motor ab. »Wir stehen nunmehr vor der großen Aufgabe, diesen weltverlorenen Ort mit Leben zu füllen und so viel freudenspendende Flüssigkeiten strömen zu lassen wie möglich – Körperflüssigkeiten eingeschlossen.«

Rolli, Friederike und Armins Freundin Gina mussten auf der Fahrerseite aussteigen, weil mir die Beine eingeschlafen waren. Während ich mich wand und streckte und darauf wartete, dass das Blut wieder ströme, entnahm Armin einem Geheimversteck hinter der Dachrinne den Hausschlüssel. Bald darauf hörte ich begeisterte Rufe aus dem ersten Stock, aus den Dachfenstern wurde mir zugewinkt. Mit kribbelnden Stelzen wankte ich hinüber.

Die *Villa Witte* lag direkt an der Harle, die Terrasse blickte auf den Fluss. Es gab ein kleines Wohnzimmer, eine offene Küche, ein Bad und ein Schlafzimmer mit zwei getrennten Betten. Oben unterm Dach gab es zwei weitere winzige Schlafräume mit Doppelbetten.

Armin führte uns herum und pries die Vorzüge des Anwesens: »Der Landsitz der Familie Witte weist neben dem Hauptflügel einen großzügigen Seitentrakt auf, welcher die Heizung, einen Öltank und eine Waschmaschine beherbergt. Ferner finden sich dort zwei Fahrräder für unvergessliche Touren entlang der Nordsee, wo verträumte Fischerdörfer zum Verweilen laden. Zwei lange Naturstrände bieten sich in fußläufiger Nähe an, Ausflüge zu den Inseln Spiekeroog und Wangerooge sind per Fähre möglich. Am Hause selbst sind Grill, Bootsanleger und Ruderboot verfügbar, und das Beste: Herr Witte senior und Gemahlin kommen schon seit Ewigkeiten nicht mehr her.« Sprach's und verkrümelte sich mit Gina in eine der Dachkammern, Rolli verschwand mit Friederike in der zweiten.

Nolli und ich standen eine Minute unschlüssig im Wohnzimmer, dann holten wir die Getränke aus dem Auto. Das Bier versorgten wir im Kühlschrank, mit dem Mariacron wanderten wir über die Terrasse zum Fluss. Der Anleger bestand aus einem kleinen Holzsteg. Wir setzten uns darauf und ließen die Beine baumeln.

Nolli schnipste seine Kippe in den Fluss. »Was ist los mit uns? Müssten wir uns nicht auch wie die Tiere auf irgendwelchen Mädels rumwälzen? Sind wir völlig blutleer? Stumpfsinnig und lethargisch? Oder sind wir einfach nur bescheuert?«

»Am ehesten Letzteres, würd ich sagen. Vor ein, zwei Jahren gab's diesen Titel von Stephen Stills: *If you can't be with the one you love – love the one you're with.* Ich denk jeden Morgen: Der Mann hat recht, nimm die Nächstbeste! Und dann hab ich doch wieder nur die eine im Kopf.«

»Vielleicht ist das bei uns biologisch bedingt. Vielleicht geht's uns beiden wie diesen Federviechern, die aus dem Ei schlüpfen, die Augen aufmachen und für alle Zeiten auf das Wesen fixiert sind, das sie als Erstes sehen, ganz egal, ob es eine Gans ist oder ein Schmetterling.«

»So wird's sein. Wahrscheinlich müssen wir lebenslänglich mit Eierschalen hinter den Ohren hinter zwei sauren Zitronenfaltern herrennen, unerfüllt und unbefriedigt, und dürfen zusehen, wie die Armins dieser Erde eine Gans nach der anderen flachlegen!«

Die Sonne stand jetzt tief über der Harle. Das Wasser war ganz glatt und ruhig, es spiegelte die orangeglühenden Wolken, die Silhouetten der Bäume, das Schilf, jeden Grashalm der Uferböschung. Ich nahm einen langen Zug und blies die Rauchwolke weit von mir. Sie flog nicht weg, sondern löste sich gemächlich auf. Das Singen in meinen Ohren war ganz leise.

»Tja«, sagte Nolli, »Armin liebt sie alle, und alle lieben Armin«.

»Doro und Claudia lieben nicht mal Armin, die lieben überhaupt keinen.«

»Stimmt. Was sind das nur für Weiber? Frigide? Lesben?«

»Doro ist weder das eine noch das andere, wenigstens das weiß ich.«

»Da bist du immerhin schon mal weiter als ich.«

Die Sonne war fort. Die wabernde Wolkenglut färbte sich tiefrot, schwand langsam und erlosch schließlich.

Es tat gut, den Kummer zu teilen. Wir ertrugen die Mücken, ließen es dunkel und dunkler werden, rauchten und tranken, und wenn wir nicht sprachen, lauschten wir den wunderlichen Lauten der Tiere am Fluss. Gegen drei Uhr nachts waren wir ziemlich blau und wurden entsprechend albern, aber als der Himmel eine erste Ahnung neuen Lichts erkennen ließ und die Morgenkühle einsetzte, waren wir fast wieder nüchtern.

»Ach, hier seid ihr!« Rollis Silhouette näherte sich vom Haus aus. »Habt ihr überhaupt nicht geschlafen?«

»Nee. Und du?«

»Nicht viel.« Er lachte stolz und rieb sich fröstelnd die Oberarme. »Friederike will ans Meer, den Sonnenaufgang sehen.«

»Dann geh mal Armin wecken«, sagte ich. »Zu Fuß werdet ihr's nicht an die Küste schaffen.«

Nolli stand auf. »Ich hab Hunger. Ich muss was frühstücken. Brot, Wurst, Brötchen, Butter, Eier mit Schinken!«

Ich merkte, wie mein eigener Magen knurrte. »Ab in die Küche!«

Die Schränke gaben nicht viel her, der Kühlschrank nicht mal mehr Bier. Das einzig Essbare waren zwei Tüten Ochsenschwanzsuppe, zu trinken gab es nur Pulverkaffee. Nolli und ich setzten Wasser auf, Rolli ging nach oben und klopfte vorsichtig an eine Tür.

»Wie bitte?« Armin klang unwirsch und verschlafen. »Seid ihr wahnsinnig? Sonnenaufgang am Meer? Was glaubt ihr denn, wo die Sonne aufgeht? Im Westen?«

Sein Einwand war stichhaltig, aber nutzlos, denn Gina schlug sich sofort auf Friederikes Seite. Während Nolli und ich unten unsere Frühstückssuppe löffelten, konnten wir dem Gang der Diskussion im Obergeschoss folgen. Armin wehrte sich mit Händen und Füßen, doch die Mädchen waren sich einig: »Wir wollen ans Meer.«

»Na schön, in den Ort müssen wir sowieso«, gab er schließlich nach. »Wir brauchen was zu essen und zu trinken.«

Es dauerte, bis alle soweit waren. Als wir endlich im Auto saßen, stand die Sonne längst am Himmel. Wir fuhren mit heruntergekurbelten Fenstern, Nolli und Armin ließen die Arme raushängen, »um den Bizeps zu bräunen«, und Rolli sang *Das ist die Liebe der Matrosen.* Als die Nordsee in Sicht kam, schrien die Mädels entzückt auf. Ein sonniger, kleiner Hafen, Segelboote, im Dunst draußen ein Fischkutter. Wir stellten die Bounty in der Nähe des Strands ab, zogen die Schuhe aus und liefen barfuß zum Wasser.

»Eisig!«, befand Rolli und zog sich aufs Trockene zurück.

»Sibirisch! Arktisch!« Armin, Nolli und ich taten es ihm gleich. Wir warfen uns in den warmen Sand und beobachteten die beiden Mädchen, die mit gerafften Röcken im Seichten standen. Bei jeder Welle stellten sie sich auf die Zehenspitzen und quietschten.

»Vorsicht, Kinder!« Armin tat meereskundig. »Hier gibt's scharfe Seehunde!«

»Idiot!«

Es war unbeschreiblich schön, dazuliegen und den Möwen zuzusehen. Das einförmige Plätschern der Wellen und die Schreie der Vögel übertönten das helle Singen in meinem Kopf vollkommen; meine Gedanken bewegten sich träge wie in Watte. Ich hätte entspannt sein sollen, ruhig und müde, doch während ich dalag, ergriff mich eine unerklärliche, wachsende Unruhe, das Gefühl, aufspringen zu müssen. Schön, wir hatten uns das hier erschwindelt, wir waren verbotenerweise ausgerückt, aber das war nicht der Grund, das juckte mich nicht. Ich zwang mich, ruhig zu atmen. Die panische Anwandlung war nur eine Folge der durchwachten Nacht. Brokheide war weit weg.

Eine sanfte, salzige Brise strich über unsere Gesichter.

»Sagenhaft«, sagte Nolli leise.

* * *

»Gott sei Dank, dass du da bist, Paul! Ich klingel dich schon die ganze Zeit an! Roland Scheffel hier, du erinnerst dich – Rolli.«

Er hätte seinen Namen nicht zu nennen brauchen, ich hatte die helle Stimme sofort erkannt.

Er wartete keine Antwort ab, sondern sprach gleich weiter: »Zunächst in aller Kürze: Mir geht's gut, ich sitze als Anwalt in Hannover, und dass es dir ebenfalls gut geht, habe ich schon von Nolli gehört. Soweit die Präliminarien, jetzt in medias res: Im Augenblick bin ich in Tengeloh, und hier gibt's Schwierigkeiten. Bist du bereit?«

»Was?«

»Hier ist Rolli, Paul! Roland Scheffel! Es gibt ein Problem in Tengeloh, verstanden? Bist du bereit?« Er sprach laut und deutlich wie zu einem Schwerhörigen.

»Äh …« Mein Hirn nahm knirschend Fahrt auf. »Rolli!« Ich musste ganz schön schwerfällig klingen. »Klar hab ich verstanden, es gibt Schwierigkeiten in Tengeloh. Zu was soll ich bereit sein?«

»Zum Zuhören!«

»Schieß los!«

Er bündelte mit ein paar knappen Sätzen das, was ich bereits aus den Polizeiverhören wusste, dann kam das akute Problem: »Sie haben Nolli in der Zange. Durch Claudias Tod fallen die Lütjens-Häuser, die Apotheke und überhaupt alles an ihn. Es ist ja so: Er hat damals in die Familie eingeheiratet, und jetzt gehört ihm praktisch der ganze Besitz. Darin sieht die Polizei natürlich ein starkes Motiv.«

»Na wenn schon – er war doch zur Mordzeit in der Praxis!«

»Eben nicht! Er hat da pünktlich um acht angefangen, ist aber um elf schon wieder gegangen, obwohl die Sprechstunde eigentlich bis zwölf ging. Die Helferin musste ein Dutzend Patienten wegschicken.«

»Wieso hat er das gemacht?«

»Wenn ich ihn recht verstehe, wollte er im Haus vom alten Lütjens nach etwas suchen, über das er kurz vorher mit dir gesprochen hatte. Aber das soll er dir gleich selbst erzählen.«

»Was?!«

»Wir sind in einer guten Stunde in Niederholt.«

»Was?!«

»Kann es sein, Paul, dass deine geistige Beweglichkeit mit den Jahren gelitten hat? Ich sitz mit Nolli im Auto, hab ihn loseisen können. Jetzt ist es extrem wichtig, dass wir die Sache gründlich zusammen durchgehen, wir müssen da Klarheit schaffen, bevor sich womöglich ein Richter zu einem Haftbefehl versteigt. Ich hätte dich auch gebeten, nach Tengeloh zu kommen, aber das wäre Blödsinn, Nolli kriegen nämlich jetzt keine zehn Pferde in sein Haus – und irgendwo müssen wir uns ja treffen. In einer Stunde bei dir also. Wenn wir in der Nähe sind, ruf ich dich wieder an, damit du mich lotsen kannst.«

Er legte auf, meine verdrossene Zustimmung hörte er schon nicht mehr.

Ich ging in die Küche und sah nach, wie es um meine Vorräte stand. Ich war bestens gerüstet, Anneliese hatte mir sogar schon etwas zum Abendessen bereitgestellt. Am Kühlschrank hing ein Zettel:

Bruno ist gefüttert und gebürstet, aber er muss noch mal raus.

Bruno war tatsächlich ganz sauber und trocken. Ich öffnete eine Flasche Burgunder, stellte Bier kalt und drehte mit dem Hund eine Runde ums Haus. Dann schaltete ich die Lichter in der Auffahrt an, im Flur und in der Wohnhalle, und setzte mich an den großen Tisch.

Was hatte Rolli gesagt? Noll hatte die Praxis verlassen, um im alten Apothekerhaus nach etwas zu suchen, worüber er zuvor mit mir gesprochen hatte. Bei seinem Anruf während meiner falschen Autobahnauffahrt hatte Nolli das kleine Herz erwähnt: »Mir ist was eingefallen.« Ich hatte ihn schon längst danach fragen wollen. Wieso war er deswegen ausgerechnet ins Haus vom alten Lütjens gegangen?

Das Telefon klingelte, meine Lotsendienste wurden gefordert. Wenig später bogen Scheinwerfer in die Auffahrt ein, und ich ging öffnen. Ein pfuschneuer Mercedes, ein schwarzes 500er SL Cabrio. Mich beschlich ein winziger Anflug von Missgunst, verflüchtigte sich aber sofort wieder, als die Fahrertür aufging.

Rolli sah sich noch irgendwie ähnlich, aber so, als hätte man ihn aufgeblasen wie einen Ballon. Von den Haaren waren nicht mehr viele übrig, dafür leuchtete die Platte umso röter. Mühsam befreite er sich aus dem Ledersitz und stemmte sich an der Karosse hoch.

Ich starrte ihn an. Er bemerkte es und hob den Kopf – und da war es wieder, das alte, gewiefte Fuchsgrinsen. Ich hätte ihn gern umarmt, nur die instinktive Angst vor seiner schieren Masse hielt mich zurück.

Er zeigte mit dem Daumen auf den Mercedes und sagte: »It's money that matters, oder?« Die scharfen Knopfaugen nahmen mein Aquarium ins Visier: »Und das ist alles deins? Auch nicht schlecht.«

Er streckte die Hand aus und zog mich an sein Herz, soweit es seine Rundungen zuließen. Dann klopfte er mir auf den Bauch: »Hast abgenommen seit damals, was? Siehst gut aus, Junge.« Das Grinsen wurde breiter: »Hab neulich sogar was über dich in der Zeitung gelesen: Heiderock und Lederhose.«

»Tja, ich führe ein verwegenes Leben.«

Noll war ebenfalls ausgestiegen und kam ums Auto herum. Ich erschrak. Er war seit unserem Treffen im *Heidkrug* vor zwei Tagen stärker gealtert als in den fünfundzwanzig Jahren davor. Tiefe, dunkle Augenhöhlen hinter der Brille, die Haut grau, der Gang gebückt und unsicher.

Ich hatte das Gefühl, ihm irgendwas über Claudia sagen zu müssen, aber ich brachte es nicht über mich und sagte nur: »Kommt rein.«

Bevor ich Bruno am Halsband nehmen konnte, hatte Rolli sich heruntergebeugt und kraulte die braunen Schlappohren, Noll nahm den Hund gar nicht wahr.

Ich deutete auf den großen Tisch: »Setzt euch.« In der Küche belud ich ein Tablett mit dem Wein, mit Bier, Mineralwasser und Gläsern. Angesichts des Burgunderetiketts schnalzte Rolli mit der Zunge und bat um ein Glas Roten, Noll wollte nichts. Ich goss ihm trotzdem Mineralwasser ein, ich selbst nahm Wein.

»Möchtet ihr was essen?«

»Später, später«, sagte Rolli. »Erst mal reden.« Er umriss die Lage, dann kam die Frage, warum Nolli die Praxis früher verlassen hatte: »Also, was ist das für ein Ding, um das es da geht?«

Ich legte das kleine Herz auf die Tischplatte. »Es dürfte das hier sein.«

Noll räusperte sich und wandte sich an Rolli. »Ja. Paul hat mich vorgestern im *Heidkrug* gefragt, ob ich das schon mal gesehen hätte, und es kam mir bekannt vor. Es war mir gerade erst irgendwo ins Auge gefallen. Und gestern Morgen in der Praxis wusste ich mit einem Mal wieder, wo: Es war in Jans Arbeitszimmer. Nach seinem Tod, als wir aufgeräumt haben.«

Er griff nach dem Wasserglas, trank einen Schluck und räusperte sich wieder. »Jan hatte so eine … eine abschließbare Stahlkassette. Der Schlüssel hat gesteckt. Es war nichts

Großartiges drin, nur Jans alter Wehrmachtskram, Orden, Abzeichen, Schulzeugnisse, sein Mitgliedsbuch von der Freiwilligen Feuerwehr – solche Sachen. Das einzig Ungewöhnliche war das kleine Goldherz hier. Zumindest sah es genauso aus wie das da. Claudia hat … Claudia …«

Er schloss die Lider. Sie waren rot und geschwollen. Plötzlich liefen die Tränen. Ich stand auf und holte ihm eines meiner weißen Stofftaschentücher. »Trink noch einen Schluck Wasser.«

Nolli trocknete sich das Gesicht und trank. »Claudia … hat es sich genau angesehen. Sie hat nichts gesagt, aber … ich weiß nicht. Sie war komisch. Und gestern Morgen in der Praxis hab ich mir das Hirn drüber zermartert, wieso sie Paul das Ding geschickt hat. Ich hab gedacht, wieso tut sie das, wieso schickt sie ihm das?! Und dann ist mir auf einmal der Gedanke gekommen: Vielleicht war sie es ja gar nicht! Vielleicht ist es gar nicht dasselbe Herz! Vielleicht ist Jans Herz ja noch in der Kassette! Versteht ihr? Da hab ich Nicole gesagt, sie soll die restlichen Patienten umbestellen, bin ins alte Haus und hab in Jans Schreibtisch nachgesehen.«

Rolli beugte sich vor: »Und?«

Noll senkte verneinend den Kopf und presste die Lippen zusammen.

»Und dann bist du rüber ins neue Haus?«

»Ja. Ich bin außen herum über die Terrasse gegangen und hab gesehen, dass die Tür zu Küche offen stand, und da …«

Die Tränen liefen wieder. Wir warteten, doch diesmal fand Noll seine Fassung nicht wieder.

»Hört zu«, sagte er schließlich stockend, »ich würd mich gern ein bisschen hinlegen.«

Das war wohl das Beste. »Kein Problem«, sagte ich, »ich hab Gästezimmer. Ihr seid herzlich eingeladen.« Ich brachte ihn nach oben und versorgte ihn mit allem Nötigen. Er setzte sich schwer aufs Bett.

Ich wollte schon wieder nach unten gehen, da sagte er: »Paul!«

»Ja?«

In seine Augen war ein anderer Ausdruck getreten, eine flackernde Wut. »Paul, hilf mir! Hilfst du mir, Paul?«

»Ja«, sagte ich. »Wir kriegen ihn, verlass dich drauf.«

Rolli hatte sich nachgeschenkt.

Ich setzte mich wieder und sagte: »Es wundert mich, dass sie ihn haben laufen lassen. Er hat die Leiche gefunden, er hat ein starkes Motiv, er hat kein Alibi. Haben die Bullen keine Sorge, er könnte abhauen?«

»Selbst wenn, müsste ein Richter diese Sorge erst mal teilen. Die Polizei kann niemanden einfach so einlochen. Es muss schon ein veritabler Haftgrund vorliegen. Verdunkelungsgefahr zum Beispiel, aber die besteht bei ihm nicht, Fluchtgefahr besteht auch nicht. Ich hab den Tengelohern gesagt, wo wir hinfahren, und die waren nicht traurig deswegen. Im Gegenteil, die sind da in der Pampa so schwach besetzt, dass sie dankbar sind, euch hier oben in guten Händen zu wissen.«

»Euch? Wer ist *euch*?!«

Er grinste mich an. »Sagt dir der Name Eckermann was?«

»Allerdings! Der verdächtigt mich also wirklich, ja?«

»Eigentlich nicht. Soweit ich weiß, hält der sogar große Stücke auf dich.«

»Woher willst du das wissen?«

»Die Tengeloher Bullen spielen mit den Wittholtern regelmäßig Faustball.«

»Na, ich weiß nicht«, sagte ich. »Ich hab Eckermann ein paar Mal ziemlich alt aussehen lassen.«

»Tja, du hast offenbar nicht nur musikalisches, sondern auch kriminalistisches Talent. Das brauchen wir jetzt, Paul. Du glaubst doch auch nicht, dass es Nolli war, oder? Wie siehst du die Sache? Wie kommt es eigentlich, dass du da mit drinsteckst?«

Er wollte sich meiner Hilfe versichern und mir gleichzeitig auf den Zahn fühlen. Na schön, meinetwegen, dachte ich, vielleicht kommen wir gemeinsam weiter. Ich hielt das Herz hoch und zeigte ihm die Gravur. »Siehst du die Initialen? Allem Anschein nach hat es Doro gehört.«

Er nahm es und wendete es in den dicken, gepflegten Fingern hin und her. »DS, ja.« Er sah mich prüfend an: »Nolli hat gesagt, Doro und du, ihr seid damals gar nicht zusammen aus Brokheide abgehauen.«

»Das stimmt. Ich wusste nicht mal, dass sie zur selben Zeit weg ist wie ich.«

»Und du hast sie seit damals nicht gesehen? Du weiß nicht, wo sie ist?«

»Mann, wenn ich das wüsste, hätte ich längst mit ihr gesprochen! Ihretwegen dürfte ich schließlich in der Sache drinstecken. Ich hab seit gestern nicht viel Zeit zum Nachdenken gehabt, aber zumindest das scheint mir festzustehen. Nolli hat gerade berichtet, dass er Doros Goldherz in Jans Kassette gesehen hat, und …«

»Ja, ist das nicht seltsam? Jan und Doro! Kannst du dir das vorstellen? Ich nicht.«

»Dazu komm ich gleich. Gehen wir erst mal von dem aus, was wir in der Hand haben. Nolli sagt, sie haben das Herz beim Aufräumen in Jans Kassette gefunden, und Claudia hat merkwürdig darauf reagiert, sie war ›komisch‹. Ein paar Tage später war die Notiz über mich in der *Hannoverschen Allgemeinen*.«

»Heiderock und Lederhose.«

»Richtig. Da stand nebenbei drin, dass ich an der Aufklärung einiger Mordfälle beteiligt war. Claudia hat den Artikel ausgeschnitten, ich hab ihn auf ihrem Schreibtisch liegen sehen. Und wieder etwas später war ein anonymes Päckchen mit dem Goldherzen in meiner Post, und zwar in einer Schatulle vom Tengeloher Juwelier Gotthold. Bei Gotthold ist das Herz aber nicht gekauft worden, das habe ich überprüft; Claudia hat das Kästchen demnach eigens ausgewählt, um sicherzugehen, dass ich an Tengeloh erinnert werde. Sie wollte, dass ich komme und Nachforschungen anstelle, aber ich sollte nicht wissen, dass sie es wollte! Ich sollte ein Geheimnis aufdecken, ohne sie hineinzuziehen.«

»Sie hatte Angst vor jemandem, klar!«

»Nur vor wem? Da komm ich nicht weiter. Du hast den Finger gerade schon in die Wunde gelegt: Die Suche endet bei Jan. Er hatte das kleine Herz, aber zwischen ihm und Doro gibt es keine Verbindung. Zumindest keine, von der ich weiß.«

»Hm. Gehen wir mal anders ran. Claudia hat von irgendeiner üblen Sache gewusst, und sie hat auch gewusst, dass es gefährlich sein könnte nachzuforschen. Und sie hatte völlig recht, schließlich hat dein Auftauchen jemanden so nervös gemacht, dass er sie umgebracht hat. Was genau hast du also in Tengeloh unternommen?«

»Ich hab das Herz rumgezeigt, sonst nichts.«

»Wem hast du es gezeigt?«

»Zunächst mal dem Juwelier und seiner Frau. Die beiden haben erklärt, dass das Schächtelchen von ihnen ist, das Schmuckstück aber nicht.«

»Und dann?«

»Claudia.«

»Was hat sie gesagt?«

»Nicht viel. Sie ist auffällig schnell auf Doro gekommen, und sie war … *komisch*, ja.«

»Wem hast du's noch gezeigt?«

»Nolli. Abends im *Heidkrug*.«

»Und?«

»Es kam ihm bekannt vor. Am nächsten Morgen hat er mich auf dem Handy angerufen und noch mal danach gefragt. Gleich danach muss er zum alten Lütjenshaus rübergegangen sein, um die Kassette in Jans Arbeitszimmer zu durchsuchen.«

»Wenn er die Wahrheit sagt. Die Polizei in Tengeloh glaubt, er ist auf direktem Weg in seine eigene Wohnung marschiert und hat seiner Frau in den Hals gestochen. Weiter, wem hast du es sonst noch gezeigt?«

»Dem Toni hab ich's noch unter die Nase gehalten und der Bozetti. Sind an der Bilse langgejoggt, als ich mit dem Hund da war.«

»Der Schöne und das Biest! Was haben die gesagt?«

»Die Bozetti hat gar nichts gesagt, und der Toni etwas wie ›amor … donum‹.«

»Was?! Amor donum? Amoris, Mann! Genitiv! Donum amoris, Gabe Amors, Gabe der Liebe! Dein Latein war schon immer armselig. Waren das alle?«

»Ja. Nein – zuallererst hab ich's meiner Haushälterin gezeigt. Aber das war hier in Niederholt, hat mit Tengeloh nichts zu tun.«

»Gut. Was können wir nun für Schlüsse über die Befragten ziehen?«

»Gar keine. Wir können überhaupt nichts schließen. Jeder von denen kann hundert anderen Leuten von meiner Fragerei erzählt haben.«

»Scheiße, ja. Ich bin eben kein Detektiv.«

»Ich auch nicht.«

»Aber du hast schon Morde aufgeklärt! Wie hast du das denn hingekriegt? Was hast du gemacht?«

»Dasselbe, was ich tue, wenn ich ein Lied schreibe. Ich notiere alles, was mir zu einer Situation einfällt oder zu einer Empfindung, einer Idee, einem Menschen. Ich schreibe einfach haufenweise Blätter voll – völlig ungeordnet. Und dann seh ich mir das Ganze an und versuche, ein bestimmendes Metrum zu erkennen, Leitmotive, harmonische Muster.«

»Interessant.« Er verstand kein Wort, doch er nahm es konstruktiv: »Warum machst du das nicht einfach gleich mal?«

Ich zuckte die Achseln. »Einen Anstoß brauch ich schon. Etwas, das die Maschine in Gang setzt. Ein Bild, ein Wort, irgendwas.«

Er überlegte, wie er mich anstoßen könnte. »Was würdest du zum Beispiel über Jan Lütjens aufschreiben?«

»Jan Lütjens? Groß, dünn, hellblond, jede Menge Akne, unsportlich, schlaffer Sack, eine Tranfunzel, aber hartnäckig, konnte penetrant werden, ist immer mit einem schwarzblauen Damenfahrrad zur Schule gekommen, war älter als seine Schwester und hat sich ewig von ihr bedienen lassen, hatte in Tengeloh mehr Freunde als in Brokheide, keine Chance bei den Mädels, fasziniert von Kriegsgeschichten und Nazi-Abzeichen, zweimal sitzen geblieben, aber immerhin Abitur, war in der Freiwilligen Feuerwehr, hat in Uniform am Osterfeuer Wache geschoben, hat es noch in der Oberprima witzig gefunden, Mittelstufler in den Schwitzkasten zu nehmen, Studium ohne Examen, bei seinem Vater als Verkäufer angestellt, hat tot in der Kiesgrube gelegen, ein ›tragischer Unfall‹, sagt die Zeitung, ›im Schmadder‹ ersoffen, sagt Kosanke.«

Rolli legte einen Finger an die Nase. »Ich glaube, ich erkenne das Leitmotiv: ein hinterlistiges, kleinkariertes Arschloch. Die Verbindung zu Doro haben wir aber immer noch nicht. Fangen wir also am anderen Ende an. Was würdest du über Doro aufschreiben?«

»Eine Menge, aber nichts, was irgendwen was angeht.«

»Quatsch. Doro ist der Schlüssel zu allem. Wir müssen sie finden, wenn wir weiterkommen wollen!«

»Aber doch nicht auf die Art! Meine verstaubten Jugendsehnsüchte nützen uns da gar nichts. Geh mal lieber als Anwalt an die Sache ran. Doro war kurz vor dem Abi plötzlich weg. Wenn jemand spurlos verschwindet, wird doch normalerweise nach ihm gesucht, oder nicht? In meinem Fall zum Beispiel hat sich der Toni mit meinen Eltern in Verbindung gesetzt. Die wussten schon Bescheid, und damit war der Fall gelaufen. Aber wie war das bei Doro? Doro hatte keine Familie, also konnte da auch keiner anrufen.«

Er knetete die Nasenspitze. »Hast recht! Mal sehen ... eine Schülerin ist unauffindbar, Familie gibt's keine, die Internatsschule ist verantwortlich – da hat natürlich die Schulleitung eine Vermisstenmeldung erstattet. Es sei denn, Doro hat sich dort selbst abgemeldet. Sie war damals mit achtzehn noch nicht volljährig, aber sie hätten sie vermutlich gehen lassen müssen. In dem Fall müsste beim Einwohnermeldeamt eine Verzugsanschrift eingetragen worden sein.«

»Na also! Einen Ansatzpunkt hätten wir schon mal. Jetzt den anderen Fall: Wenn sie sich nicht selbst verabschiedet hat, sondern als vermisst gemeldet worden ist – würde diese Vermisstenmeldung dann heute noch in den Akten stehen?«

»Nach fünfundzwanzig Jahren? Könnte sein. Wenn ein Fall geklärt ist, wird er normalerweise nach zwei Jahren wieder ausgesondert, aber bei ungeklärten Sachen sieht's anders aus

… wie war das noch – ich glaub, die Löschung erfolgt dreißig Jahre nach der Meldung. Wenn der Vermisste nicht schon vorher über neunzig wäre, und das trifft ja bei Doro nicht zu. Ich werd mal in Erfahrung bringen, was bei den zuständigen Meldebehören vorliegt.«

»Was können wir noch tun?«

Er legte die Hände auf den runden Bauch. »Jetzt könnten wir vielleicht doch eine Kleinigkeit essen.«

Wir gingen in die Küche, ich zeigte ihm, womit ich dienen konnte. Während ich die Kühlschranktüren öffnete, hatte ich das Gefühl, eine Unstimmigkeit in unserem Gespräch übergangen zu haben. Ich war gestolpert, ohne es zu merken. Ich wusste nicht worüber, aber ich spürte die Nachwirkung, so als sei ich auf einen kleinen Stein getreten und eine Sekunde lang gezwungen gewesen, die Balance zu halten.

4. Kapitel

Die Fahrt nach Friesland war immer eng und mühselig, trotzdem nutzten wir jedes mögliche Wochenende, um uns in der *Villa Witte* auszutoben. Während der Ferien bekam Rolli dann von seiner Mutter den Führerschein finanziert, woraufhin der eifersüchtige Vater sofort Geld für ein Auto lockermachte. Es war ebenfalls ein Käfer, kaum neuer als die Bounty, aber leuchtend rot. Mit zwei Autos war die Fahrt viel bequemer. Die Ausflüge wurden zu immer wilderen Partys, die anfängliche Leichtigkeit war bald verflogen. Das drohende Abiturfiasko, der Internatsfrust, Verzweiflung, Selbstzerstörungswut brodelten in unseren Köpfen. Den traurigen Höhepunkt bildete ein Neujahrstreffen, zu dem wir von daheim aus anreisten. Armin selbst gab der desolaten Gefühlslage den entscheidenden Schub. Er traf mit der Nachricht im Nacken ein, dass eine seiner Bräute daheim von ihm schwanger war.

»Wenn mein Alter das erfährt, schlägt er mich tot. Der bringt mich mit dem Kuhfuß um. Ach, scheiß drauf! Ich werd jetzt trinken, bis ich chinesisch spreche!«

In dieser Nacht drehte er auf wie noch nie. Er sang lauthals und tanzte, er hielt wirre Monologe, schoss Silvesterraketen in alle Himmelsrichtungen und warf mit Böllern um sich, er fiel rückwärts die Treppe hinunter, er lief ums Haus und schrie gotteslästerliche Verwünschungen über den stillen Fluss. Zuletzt stieg er ins Auto und bekundete, er wolle Zigaretten holen und dabei den nächsten Baum mitnehmen.

Rolli konnte ihn nur bewegen, den Fahrersitz zu räumen, indem er versprach, er werde selbst fahren. Rolli hatte zwar weniger getrunken, vertrug aber auch weniger. Es dauerte nicht lange, und er kam zurück, zu Fuß und allein.

»Der Wagen ist umgekippt«, stammelte er, »wir haben uns überschlagen, Armin hat die ganze Zeit gebrüllt: ›schneller, schneller, schneller‹ – da ist es passiert. Er wollte mit zurücklaufen, aber er konnte nicht.«

Gina war halbwegs nüchtern. Wir setzten uns zu dritt in Rollis Käfer, um die Umgebung abzusuchen. Schon nach der dritten oder vierten Biegung fanden wir die Bounty. Sie lag mit schwach funzelnden Scheinwerfern auf dem Dach im Graben, und Armin lag daneben.

Gina hielt einfach mitten auf der Straße, sodass die Scheinwerfer auf die havarierte Bounty gerichtet blieben, ließ den Motor laufen und zog die Handbremse. Wir kletterten aus dem Wagen und stolperten ins Gelände. Armin war nicht tot, was leicht daran zu erkennen war, dass er weithin hörbar mit den Zähnen klapperte und fluchte. Er war dreckig wie ein Schwein und blutete aus diversen Schrammen, aber er war nicht bewegungsunfähig. Dass er nicht laufen konnte, lag zum einen daran, dass sein linkes Bein etwas abbekommen hatte, vor allem aber war er volltrunken. Mit unserer Hilfe gelang es ihm aufzustehen, und wir stützten und trugen ihn zu Rollis Auto.

Er war unglaublich schwer. Wir schoben den Beifahrersitz ganz zurück und setzten den Verletzten drauf. Während Gina bis zur nächsten Kreuzung fuhr, um zu wenden, lief ich zu Fuß zurück. Das war mein Glück, denn kaum waren sie losgefahren, kotzte Armin den Wagen voll. Ich kam kurz nach ihnen in der Villa Witte an. Armin ins Haus zu bekommen, war eine schmierige Angelegenheit. Der Rest der Nacht verlief unruhig. Einige tranken weiter, andere versuchten zu schlafen, während Armin noch eine ganze Weile in seinem Bett krakeelte.

Am folgenden Tag erwachte ich mit unerträglichen Kopfschmerzen und kreischenden Trillerpfeifen in meinen Ohren.

Im Wohnzimmer lag alles kreuz und quer, die Küche war ein einziges Schlachtfeld. Ich ging nach Armin sehen. Wir hatten ihn auf eines der Einzelbetten unten gelegt. Als ich ihn antippte, schlug er die Augen auf. Sie waren erstaunlich klar.

»Oh Mann, das war reichlich daneben gestern, was?«

Ich nickte.

Er schlug die Decke zurück. Sein linkes Knie war grotesk angeschwollen, in den großflächigen Schürfwunden saß der Dreck.

»Wir müssen das säubern«, sagte ich.

Er versuchte, die Beine aus dem Bett zu schwingen, und stöhnte. »Scheiße, tut das weh!« Er hielt erschrocken inne: »Ist Rolli o.k.?«

»Gestern Abend war er's noch.«

»Gott sei Dank! Hab sonst schon genug angerichtet. Jetzt muss ich zusehen, dass ich rette, was zu retten ist. Ich muss eine Menge in Ordnung bringen.«

Ich half ihm ins Bad. Wir versuchten, keinen Lärm zu machen. Armin war ganz froh, dass die anderen noch schliefen: »Hab keine Lust, mich in dem Zustand auch noch verarschen zu lassen!«

Nüchtern war er nicht mehr ganz so schwer, aber als ich ihn auf der Toilette hatte, war ich schweißnass. Ich weckte Gina, holte einen Hocker aus der Küche und stellte ihn in die Dusche. Eine ganze Weile kühlte Armin das kaputte Knie, was offenbar gut tat, dann wusch ihm Gina den schlimmsten Dreck aus den Schrammen. In der Hausapotheke fand ich Jod zum Aufpinseln. Armin sagte keinen Ton, zog nur ab und zu zischend die Luft ein. Zurück ins Zimmer kam er schon ein wenig besser. Er setzte sich aufs Bett, wir brachten ihm seine Klamotten und halfen ihm beim Anziehen. Als wir fertig waren, atmete er tief aus und ließ sich zurücksinken, doch nur für einen Moment, dann raffte er sich wieder auf.

»Ich danke dir, Paul. Hast was gut bei mir.« Er trat mit dem gesunden Bein nach einer Flasche. »Wir müssen aufhören mit der Scheiße!«

Sein Vorsatz, Ordnung zu schaffen, war eisern. Nachdem ich ihm an der Uferböschung draußen eine passende Krücke geschnitten hatte, humpelte er damit umher, weckte das Haus und erteilte ohne Rücksicht auf das vielstimmige Gejammer Aufräum- und Säuberungsaufträge. Sobald alle Füße in Bewegung waren, hängte er sich ans Telefon und vollbrachte das Wunder, am Neujahrstag einen Bauern aufzutreiben, der sich bereit erklärte, mit einem Trecker vorbeizukommen und die Bounty zu heben.

Wir hätten damit ohne Weiteres noch warten und uns erst einmal von der Silvesternacht erholen können. Wir hatten noch über eine Woche Ferien, doch Armin hatte es eilig. Er stand unter einer mächtigen inneren Spannung. Ich konnte sie nachempfinden, mehr noch, es ging mir ähnlich. Mir war klar: Mein Leben lief total falsch, ich musste dringend einen völlig anderen Weg einschlagen. Ich wusste nur nicht, welchen.

Aus Rollis Käfer wurde der Beifahrersitz ausgebaut. So konnte erstens die Kotze aufgewischt werden, zweitens konnte Armin auf dem Rücksitz Platz nehmen und das kaputte Bein mittels Küchenhocker hochlegen. Als der Bauer mit dem Trecker erschien, fuhren Rolli und Armin voraus, Gina und ich folgten zu Fuß.

Wir versuchten, die Bounty ungefähr so aus dem Graben rauszukriegen, wie sie hineingestürzt war, damit sie auf allen Vieren zu stehen kam. Der Treckerfahrer war sehr geschickt. Als das Auto wieder auf der Straße stand, zeigte sich das ganze Ausmaß seiner Beschädigungen. An den Seiten sah es noch recht manierlich aus, das Dach hingegen war tief eingedrückt und hatte einen Riss. Gina setzte sich hinters Lenkrad und ließ sich bis zum Haus schleppen; immerhin rollte die Bounty anstandslos, das Fahrwerk schien nichts abbekommen zu haben.

Abends waren wir nur noch zu viert: Armin, Nolli, Rolli und ich. Die anderen hatten sich zum Bahnhof bringen lassen oder an die Hauptstraße, um per Anhalter heimzufahren. Wir beratschlagten, was mit dem kaputten Auto geschehen sollte. Armin hatte die Idee, die Schrottplätze der Umgebung nach einem Käfer gleichen Baujahres abzusuchen, das Dach runterzusägen und es auf die Bounty draufzuschweißen. Das hielten wir zunächst für eine Schnapsidee, aber Armin war immerhin Sohn eines Schrotthändlers und kannte sich aus.

Ich hatte von Autos und Schweißarbeiten keinen blassen Schimmer und war entbehrlich, deshalb machte ich mich am nächsten Morgen auf den Weg nach Brokheide. Ich hätte auch nach Hause fahren können, aber ich wollte allein sein. Ich musste nachdenken.

Dazu hatte ich schon unterwegs reichlich Gelegenheit. Ich stand Stunde um Stunde im Schneeregen, fror mir den Daumen ab und konnte mir in aller Ruhe meine lausigen Abiturchancen ausrechnen. Vor lauter Kälte marschierte und marschierte ich, notfalls auf der Stelle. An diesem Tag erwischte ich gleich drei Witzbolde von der Sorte, die ein gutes Stück hinter dir anhalten und warten, bis du mit hängender Zunge angerannt kommst, und wenn du die Hand nach der Tür ausstreckst, geben sie fröhlich winkend Gas. Die barmherzigen Seelen, die mich mitnahmen, fuhren meist nicht weit, sodass ich bald wieder winkend an der Straße stand.

Als ich nach einer Ewigkeit endlich in Dalenhorst aus einem Laster stieg, hätte ich bedenkenlos jedes Lehrerauto angehalten – wenn bloß eines gekommen wäre. Die letzten paar Kilometer lief ich in der Dämmerung zu Fuß durch den Schneematsch. Das Wasser stand mir in den Schuhen, die Hose klebte mir an den Schenkeln.

Das Heim war leer und still. Die Eingangstür des Oberstufenanbaus hallte durch sämtliche Flure. Im Zimmer schmiss ich alles von mir und verkroch mich ins Bett. Ich wurde die ganze Nacht nicht richtig warm. Ich zog jeden Deckenzipfel fest um mich, ich kauerte mich zusammen wie ein Embryo und fror trotzdem. Wenn ich nicht wachlag, träumte ich wirres, beängstigendes Zeug.

Im ersten Morgengrauen stand ich auf, zog drei Pullover und zwei Trainingshosen übereinander an und ging hinüber in den Speisesaal um nachzusehen, ob dort heißer Kakao für die Stipendiaten stand. Es gab welchen. Ich goss mir eine Tasse ein, konnte mich aber nicht zum Trinken überwinden. Stattdessen hielt ich die heiße Kanne im Arm wie eine Wärmflasche.

»Paul! Was ist los?«

Doro. Sie saß an einem Tisch am Fenster. Das Tageslicht blendete mich, ich wandte mich ab.

»Nichts.« Während ich antwortete, schüttelte es mich schon wieder.

»Du siehst übel aus, Mensch! Du bist krank!«

»Gut möglich.«

Sie stand auf und legte mir eine Hand auf die Stirn. »Ach, du liebe Scheiße! Wie hast du das denn hingekriegt?« Sie holte ihre Jacke. »Da werd ich wohl mal den Doktor rufen. Geh ins Bett, Junge.«

Die beiden folgenden Tage und Nächte verbrachte ich in einem fiebrigen Nebel. Doro schaffte den Arzt herbei, brachte mir zu trinken und feuchte Tücher, besorgte die verschriebenen Medikamente. Um das Verbot, sich im Jungenheim aufzuhalten, kümmerte sie sich nicht, sie ging einfach ein und aus. Außer der Köchin, zwei Afrikanern und uns beiden war sowieso nur Gutheinrich im Haus, und der war vermutlich froh, nicht den Krankenpfleger spielen zu müssen. Am dritten Tag ging das Fieber langsam runter. Abends hatte ich sogar etwas Appetit, und Doro besorgte uns etwas aus der Küche. Wir aßen im Schein der nächsten Schreibtischlampe.

»Du wirst mal eine sagenhafte Ärztin.«

»Auf keinen Fall. Ich hab genug kranke Leute gesehen und genug lange Flure! Ich werd das hier hinter mich bringen, so gut ich kann, und dann bin ich frei. Mann, wie ich diese Abhängigkeit hasse, die Vorschriften und Maßregeln und erpresserischen Schikanen, und dazu andauernd das verlogene Moralgeschwafel! Ich will mich nie wieder zu irgendwas zwingen lassen. Ich will mein eigenes Leben.«

Ich musste an unser Gespräch auf dem Schulhof vor dem Ehemaligenfest denken. Damals hatte sie viel positiver geklungen. Aber mir ging es ja nicht besser. »Dein eigenes Leben, klar, aber was für eins? Wie soll es aussehen? Was willst du machen?«

Sie schloss die blauen Augen und verschränkte die Arme hinter dem Kopf. Das Licht der Schreibtischlampe warf tiefe Schatten. »Was ich machen will? Ich will in Ägypten Pharaonen ausgraben, ich will das alte Troja finden, sumerische Schriftzeichen entziffern, nach römischen Galeeren tauchen, so was, verstehst du?«

»Du willst Archäologin werden?«

»Genau. Archäologin. Oder von mir aus auch Vulkanologin: Krakatau, Ätna, Vesuv, seismologische Studien im Ascheregen, rotglühende Lavaströme. Oder Löwen nachzählen in der Serengeti, Antilopenherden und Hyänen. Pilotin wär auch nicht schlecht: mit dem Jumbo nach New York.« Die schwarzen Brauen zogen sich zusammen. »Kindisch, was? Nee, ich weiß noch nicht genau, was ich machen werde. Aber eines weiß ich: Wenn ich erst mal hier raus bin, ist alles möglich, verstehst du – alles! Ich werd mir was suchen, was Lichtjahre weit weg ist von Brokheide.« Sie öffnete die Augen wieder. »So, jetzt bist du dran. Was willst du?«

»Die Frage hab ich mir ziemlich lange nicht gestellt. Es war mir einfach egal. Aber seit ein paar Tagen ...« Ich legte mein Besteck hin.

»Was ist seit ein paar Tagen?«

»Seit ein paar Tagen geht es mir im Kopf rum. Ich mach was falsch, das ist mir klar geworden. Dass ich auf die Schule scheiße, mein ich nicht mal – das hat zwar damit zu tun, aber daran liegt's nicht. Ich mache was grundsätzlich falsch, und ich hab keine Ahnung, was das Richtige wär. Deshalb ist mir alles egal. Wenn du willst, grabe ich mit dir nach ägyptischen Mumien, oder ich stell mich neben dich in den Ascheregen und halte dir den Schirm.«

Sie lachte und schüttelte den Kopf.

Ihre Nähe machte mir Mut. »Wieso nicht? Wenn es etwas gibt, von dem ich genau weiß, dass ich es will, dann bist du das. Dich hab ich die ganze Zeit gewollt!«

Sie stand auf und räumte das Geschirr auf dem Tablett zusammen. »Es geht nicht, Paul. Nicht in Brokheide. Wir haben schon genug riskiert.« Sie ging zur Tür. »Gute Nacht.«

Am letzten Ferientag war ich wieder einigermaßen sicher auf den Beinen. Mittags ging ich zu Kosanke, ließ mir ein Riesenschnitzel braten und trank ein großes Bier dazu. Danach legte ich mich wieder hin.

Am Nachmittag wurde ich geweckt; einer der Afrikaner rüttelte mich an der Schulter: »Der Armin Witte ist da, du sollst mal rauskommen.«

Die Bounty stand mit lärmendem Motor mitten vor dem Haus. Sie hatten es tatsächlich geschafft, ihr ein neues Dach zu verpassen. Es war grau, und man sah die Schweißnähte an den Holmen, aber es saß. Armin war allein im Wagen. Daneben stand Himmler und klopfte auf das Seitenfenster. Armin drehte nicht mal den Kopf.

Erst als ich kam, kurbelte er die Scheibe runter und streckte die Hand raus. »Paul, Mann! Gut, dich zu sehen! Alles klar mit dir?«

Ich nickte. »Wie geht's dem Bein?«

»Weiß nicht. Hab kein Gefühl mehr drin.«

»Warst du beim Arzt?«

»Wenn ich zu Hause bin. Ich hau jetzt ab, weißt du. Endgültig.«

»Wie trittst du die Kupplung?«

»Wenn ich anfahre, mit rechts. Wir haben dafür das Standgas hochgedreht, und mit Zwischengas flutschen die Gänge auch ohne Kupplung rein. Hör zu, Paul, ich kann nicht laufen; holst du mir mein Zeug aus dem Zimmer?«

Die beiden Afrikaner halfen mir. Einen Teil der Sachen taten wir vorn in den Kofferraum, den anderen Teil auf die Rückbank und dahinter. Wir kriegten nicht alles unter, aber doch das meiste.

Himmler stand uns im Weg, so gut er konnte, die Hände in die Hüften gestemmt, und versuchte immer wieder erfolglos, Armin zur Rede zu stellen. Die Afrikaner grinsten sich an.

»Rolli und Nolli müssen auch gleich da sein«, sagte Armin leise, als wir fertig waren, »die kommen zu Fuß.«

Die beiden hatten erst den roten Käfer untergestellt, klar. Armin griff nach der Fensterkurbel. »Wie gesagt, du hast was gut bei mir, Paul. Und wenn es dich nach Ostfriesland zieht – du weißt, wo der Schlüssel liegt. Mach's gut. Man trifft sich hoffentlich noch mal im Leben.« Er begann zu kurbeln, dann hielt er einen Moment inne und sah mich ernst an. »Häng dein Herz nicht an Doro. Bringt nur Unglück.« Er langte mit dem rechten Fuß links hinüber auf die Kupplung, legte den ersten Gang ein und fuhr langsam los.

* * *

Rolli aß bedächtig und ausdauernd. Obwohl er höchstens einsfünfundsiebzig war, ließ seine Masse den großen Tisch kleiner erscheinen als sonst. Selbst Annelieses Frühstücksportionen wirkten in seiner Anwesenheit harmlos. Nach dem Abendessen hatte sich unser Gespräch gestern nur noch im Kreis gedreht, trotzdem hätte ich es gerne wieder aufgenommen, um vielleicht doch noch dahinterzukommen, worüber ich gestolpert war.

Rolli unterlief jedoch jeden meiner Anknüpfungsversuche. Er war mittlerweile bei der dritten Portion Rührei mit Schinken und studierte zwischen den Bissen das Mitteilungsblättchen der Niederholter Konservativen, das Anneliese mit der Post hereingebracht hatte. »Hör mal, Paul, das ist kurios: Weil euer Kindergarten zu klein ist, kriegt ihr eine zweite Schule!«

Anneliese goss Kaffee nach. »Ja, nee, das ist so: Die Schulkinner ziehen ja aus der alten Schule aus, und denn wird die umgebaut, dass der Kinnergarten da rein kann, weil das ist billiger als ein neuer Kinnergarten und geht schneller, sagt der Rat.«

»Muss denn die neue Schule nicht erst mal fertig sein, bevor die alte umgebaut werden kann? Ich meine, was passiert solange mit den Kindergartenkindern? Werden die gestapelt?«

»Nee, der Kinnergarten hat jetzt das Gemeindebüro dazugekriegt, provisorisch, da haben sie eine Wand durchgebrochen.«

»Verstehe. Und wo ist jetzt das Gemeindebüro?«

»Das ist nu eingemietet bei ein'n vonne Ratsherren.«

Rolli schlug mit der Gabel aufs Rührei und lachte. »Großartig!« Er spießte eine große Scheibe Schinken auf und winkte mir damit zu: »Dieses unbekümmerte Landleben – herrlich! Wie Ohnsorg-Theater!«

Auf der Galerie erschien Nolli. Anders als gestern Abend war er sehr gefasst. Er kam mit schnellen Schritten die Treppe herunter, nahm sich einen Stuhl, setzte sich aber nur halb darauf. »Ich muss mich dringend um meinen Jungen kümmern! Ich habe kaum richtig mit ihm sprechen können, seit … seitdem. Er geht nicht ans Telefon. Kann mich einer von euch nach Hamburg fahren?«

Rolli stand schneller auf, als ich Ja sagen konnte. »Ich gebe dir Nachricht, sobald ich bei den Meldebehörden was über Doro erfahren hab«, versprach er mir.

Zehn Minuten später waren sie unterwegs.

Ich brauche einen Anstoß, hatte ich gestern zu Rolli gesagt, irgendwas, was die Maschine in Gang setzt, ein Bild, ein Wort. Der Anstoß war da, nur war es diesmal weder ein Bild noch ein Wort. Es war der verborgene Stolperstein von gestern Abend.

Ich bat Anneliese, für mich ans Telefon zu gehen und jedem außer Rolli und Nolli zu erklären, ich sei nicht im Hause. Dann verzog ich mich in mein Arbeitszimmer, bevor sie mich in ein Gespräch verwickeln konnte. Dort nahm ich die Akkus aus dem Telefon, holte mir einen Stapel Papier aus dem Rollschrank und schob die Computertastatur beiseite. Der Rechner war jetzt nutzlos für mich; ich wollte meine Gedanken ohne Umweg auf so vielen verschiedenen Blättern festhalten können wie nötig. Später musste ich alle sortieren und auf einen Blick erfassen können, wenn die Sache funktionieren sollte.

Das Schreiben fiel mir leicht. Ich brauchte nicht nachzugrübeln, ich ließ einfach dem Stift freien Lauf. Ich begann mit dem anonymen, braunen DIN-A5-Umschlag, in dem das Herz gewesen war, dann kam meine Fahrt nach Tengeloh; ich notierte den alten Kosanke, den Juwelier Gotthold und seine Frau, den Facharzt für Allgemeinmedizin Dr. med. Gerhard Noll und seine neuen Zähne, Claudia, die ihn nie gewollt und schließlich doch geheiratet hatte, das leichte Zucken ihrer Lider, als sie erfuhr, dass Doro nicht mit mir zusammen verschwunden war. Bei meinem blutbespritzten Zettel auf Claudias weißer Stirn stockte mir die Hand, ich ging zu ihrem Bruder über, zu seinem verkrachten Studium, seinem banalen Tod, seiner Schatzkassette und dem durchlöcherten Stahlhelm, über den er gesagt hatte: »Schade, dass der Schädel nicht mehr drin war.« Ich schrieb das Ehemaligenfest auf, die Bozetti-Band, das konzentrierte Gesicht der Musiklehrerin über den Klaviertasten, die Guarneri-Geige, den Chef, Himmler, den schönen Toni und den Erzieher Gutheinrich, die Stipendiaten, die Musikzellen und die entgleisenden Gesichtszüge Irene Bozettis, als sie mich dort mit Doro ertappte. Ich hielt auch die beiden Jogger fest, die ich an der Bilse getroffen hatte, und Nolls verzweifelte Wut, als er mich bat: »Paul, hilf mir!« Ich schrieb die Frieslandfahrten mit der Bounty auf, die *Villa Witte,* wo Gina

Armins blutige Wunden gewaschen hatte, die nächtlichen Gespräche mit Nolli und die letzte, unbeschreibliche Fahrt mit Doro. Über Doro schrieb ich überhaupt am meisten, Doro mit den leuchtend blauen Augen und den schwarzen Brauen, Doro, die in Ägypten Pharaonen ausgraben, nach römischen Galeeren tauchen und das alte Troja finden wollte. Je intensiver ich mich in die Vergangenheit versetzte, desto schmerzlicher empfand ich aufs Neue die Zurückweisung.

Als ich nach Stunden den Stift aus der Hand legte, war das gewohnte Singen in meinen Ohren fast gänzlich der Melodie des alten *Auld Lang Syne* gewichen.

Ich war froh, als Anneliese an die Tür klopfte. »Willst du nicht langsam mal Schluss machen, Paul? Ich geh nämlich jetzt. Herr Koretzki hat angerufen und gesagt, es ist dringend, weil du hast versprochen, dass du ihm deine Unterlagen schickst, und die sind noch nicht angekommen, und mit's Finanzamt würd er sich an deiner Stelle lieber nicht schon wieder anlegen. Und denn war da noch zweimal dieser Herr Menges von Stefan Frank, den hab ich gesagt, du bist krank, aber der ist auch nicht blöd.«

»Menges? Was hat er gesagt? War er sauer?«

»Ich weiß nicht. Er hat gelacht, aber eben mehr so, wie wenn er sagen wollte, er ist auch nicht blöd.«

Koretzki war nicht so wichtig. Der Steuerberater machte immer vorzeitig Theater, weil er meine Saumseligkeit kannte. Mit Menges dagegen durfte ich es mir nicht verderben. Ich musste ihn unbedingt zurückrufen.

Anneliese ließ kopfschüttelnd den Blick über meinen Zettelwirrwarr wandern und verschwand. Ich hatte die Blätter überall im Zimmer verteilt und immer wieder neu zu ordnen versucht, doch anders als sonst war diesmal kein beherrschendes Muster hervorgetreten; alles, was ich erreicht hatte, war ein Durcheinander von Eindrücken ohne tieferen Zusammenhang. Das Gefühl einer verborgenen Unstimmigkeit war immer noch da. Ich war anscheinend nicht gründlich genug gewesen, ich hatte irgendwas vergessen.

Nervös legte ich den Stift weg und tat die Akkus wieder ins Telefon – gerade rechtzeitig fürs nächste Klingeln. Da ich den Apparat in der Hand hatte, nahm ich den Anruf automatisch an und ärgerte mich im selben Moment darüber, denn wenn es Menges war, würde er mich nun unvorbereitet ohne Ausrede erwischen. Widerstrebend hielt ich den Hörer ans Ohr.

»Ja?«

»Roland hier, Paul.«

Gott sei Dank. »Hallo Rolli. Hast du was rausgefunden?«

»Ja, aber leider nicht das, was ich erhofft hab. Doro ist damals tatsächlich von der Schule als vermisst gemeldet worden.«

Die Nachricht gab mir einen Stich. Wenn Doro nicht aus eigenem Willen verschwunden war, änderte das eine Menge.

»Hallo, Paul, bist du noch dran?«

»Ja. Sprich weiter.«

»Der Fall ist bis heute ungeklärt. Das heißt, es gibt keine Adresse, kein Lebenszeichen, keine Spur von ihr. Erinnerst du dich an Susanne Stockhausen, die Kleine mit der Mickymausfrisur, die mit Doro im selben Zimmer gewohnt hat? Ich hab ihre Nummer aufgetrieben. Sie sagt, es sind damals zwei Beamtinnen im Mädchenheim aufgekreuzt, haben Fragen gestellt und Doros Sachen gefilzt. Ist aber nichts bei rausgekommen.«

»Weiter haben die nicht nach ihr gesucht?«

»Wo hätten sie denn suchen sollen?«

»Bei mir zum Beispiel!«

»Wieso?«

»Weil wir gleichzeitig verschwunden sind. Alle haben doch gedacht, sie wär bei mir, oder nicht?«

»Nein! Das hat nur unsere Clique gedacht, und wir haben darüber schön die Klappe gehalten. Die anderen wussten gar nicht, dass da überhaupt was läuft zwischen euch! Ihr habt ja die ganze Zeit vorher kaum ein Wort miteinander geredet, wie sollte da einer drauf kommen? Und weggegangen sind immer mal welche, denk bloß an Armin. Außerdem verlässt sich die Polizei ganz gerne darauf, dass Vermisste von selber wieder auftauchen, das tun die nämlich fast alle. Doro war immerhin achtzehn. Selbst von den zehntausend Kindern, die in Deutschland pro Jahr verschwinden, kommen neuntausendneunhundert wieder nach Hause, nur hundert bleiben weg.«

»*Nur* hundert?!«

»Sind immer noch hundert zu viel, ich weiß. Es gibt Familien, die suchen Jahre und Jahrzehnte nach verschwundenen Angehörigen. Aber eine Familie hatte Doro ja nicht. … Paul? Hallo?«

»Ich bin da!« Ich räusperte mich und wechselte das Thema. »Wie geht's Nolli? Habt ihr seinen Sohn angetroffen?«

»Ja, war gut, dass wir hingefahren sind. Die beiden richten sich gegenseitig ein bisschen auf; der Sohn den Vater fast noch mehr als umgekehrt. Ist ein guter Junge. Aber wie machen wir jetzt weiter?«

»Das ist die Frage. Diese Vermisstenmeldung schlägt ja schon wieder eine Tür zu. Zwei von den Menschen, die uns was sagen könnten, sind tot, und der dritte ist verschollen. Was hältst du davon, Jan Lütjens' Nachlass noch mal durchzusehen? Klingt vielleicht hilflos, aber da, wo das kleine Herz war, findet sich vielleicht auch ein Hinweis darauf, was es damit auf sich hat.«

»Meinst du? Versuchen kann man's natürlich.«

»Was anderes fällt mir jedenfalls nicht ein.« Ich sah auf die Uhr über meinem Schreibtisch. »Ich könnte noch vorbeifahren. Ich müsste nur irgendwie ins Haus kommen.«

»Was, heute Abend noch?«

»Wieso nicht?«

Nachdem Rolli aufgelegt hatte, suchte ich nach dem Kärtchen mit Nolls Handynummer. Er war noch in Hamburg. Seine Stimme klang niedergeschlagen, aber fest, und es schien ihn zu freuen, dass ich mein Versprechen ernstnahm.

»Du willst ihn wirklich fassen, nicht wahr?«

»Ja, das will ich.«

»Die Schlüssel zum alten Haus sind in Claudias Schreibtisch. Aber eine Nachbarin hat auch welche.«

»Einer reicht mir.«

Er lachte trocken. »Du brauchst mindestens drei, Paul. Das Haus ist ein Tresor, Jan war paranoid in letzter Zeit. Alle Türen sind doppelt und dreifach gesichert, Sicherheitsläden, Querriegelschlösser, Aushebelsperren. Ich ruf die Nachbarin an, Frau Hartwig, die kennt sich aus. Wenn ich sie erreicht hab, sag ich dir Bescheid.«

* * *

Es war ein schöner Abend, warm und trocken, nur wenig Verkehr. Ich hatte meinen Kulturbeutel unter den Arm geklemmt und den Porsche genommen. Die rasche Fahrt nahm mir ein wenig von meiner Unruhe. Bruno spürte das. Er war wie stets über den Beifahrersitz hinweg in den Fußraum davor gestiegen, hatte sich dort um die eigene Achse gedreht und sich niedergelassen. Sein Haupt mit den schweren Lefzen ruhte auf der Sitzfläche, gelegentlich blinzelte er mich zufrieden an.

Als ich das Hartwig'sche Haus erreichte, war die Sonne gerade verschwunden. Es lag genau gegenüber von Nollis Luxusscheune. Die Nachbarin war eine künstliche Blondine mit dicken Brillengläsern. Das Gestrüpp auf meinem Kopf befremdete sie, aber der Porsche machte den schlechten Eindruck wieder wett.

Als wir Nollis Haustür passierten, fasste sich die Frau instinktiv an die Kehle und sagte: »Den Mörder haben sie noch nicht, oder?«

»Ich glaube nicht. Die Polizei ermittelt noch. Die wird auch bei Ihnen gewesen sein, nehme ich an.«

Sie blieb stehen. »Allerdings! Stundenlang! Ziemlich unverschämt, wenn Sie mich fragen. Ich meine, wir bezahlen die Beamten ja mit unseren Steuergeldern, und dann wird direkt nebenan die Frau vom Doktor ermordet, und der Mörder läuft frei rum, und statt dass sie einen beschützen, machen sie sich auf dem Sofa breit und tun so, als würden wir den ganzen Tag mit dem Fernglas bei anderen Leuten in die Wohnung reinspionieren! Unmöglich!«

Ich nickte teilnahmsvoll. »Das ist ja wirklich ... andererseits – Sie hätten natürlich durch Zufall jemanden beim Kommen oder Gehen bemerken können.«

»Wie denn?! Ist doch alles dicht zugewachsen beim Doktor, Bäume und Sträucher und die Hecke! Von unserem Haus aus sehen wir nicht mal den Eingang – und die Terrasse ist sowieso auf der anderen Seite.« Sie schauderte. »Wie die Küche. Die haben wir überhaupt nicht im Blick.« Sie musterte mich: »Aber Sie kommen mir irgendwie bekannt vor. Ich glaub, ich hab Sie schon mal mit Herrn Noll gesehen.«

»Gut möglich.«

Wir gingen weiter zur Tür des alten Lütjenshauses. Wie sich zeigte, war sie tatsächlich mit drei Schlössern verbarrikadiert.

»Der junge Herr Lütjens war sehr auf Sicherheit bedacht«, sagte die Nachbarin, während sie ein Schloss nach dem anderen öffnete. Sie stieß die Tür auf und wollte vorausgehen, aber darauf war ich vorbereitet: Ich flitzte an ihr vorbei, trat ihr in den Weg und griff nach den Schlüsseln, wobei ich mich überschwänglich bedankte und versicherte, ich würde sie nachher zurückbringen. Das Letzte, was ich gebrauchen konnte, waren Geschwätz und neugierige Blicke.

Die Frau blieb im Türrahmen stehen: »Finden Sie sich denn zurecht? Das Haus ist sehr verwinkelt. Ich sollte Ihnen vielleicht besser erst einmal zeigen, wo alles ist.«

Ich blieb ebenfalls stehen. »Das ist echt nicht nötig! Ich kenne mich aus, wissen Sie, ich war ja schon mal hier.« Das stimmte, auch wenn es mehr als fünfundzwanzig Jahre her war.

Ich wartete, bis sie achselzuckend nachgab und einen Schritt zurücktrat. Ich winkte ihr zu und schloss die Tür. Das Ergebnis war völlige Finsternis. Ich hätte mir wenigstens die Lichtschalter zeigen lassen sollen. Die Luft war zum Ersticken abgestanden. Während ich auf der Wand neben dem Türrahmen herumtastete, versuchte ich, mir die Räumlichkeiten in Erinnerung zu rufen. Damals waren wir in einen kühlen, gefliesten Flur getreten, in dem eine Holztreppe nach oben führte. Im Wohnzimmer hatte eine klobige Sitzgarnitur aus Eiche mit Troddeln an den Polstern geprunkt, Bergseen und Hirsche in goldfarbenen Schnörkelrahmen hatten die Wände geziert.

Klick! Die Flurlampe. Da waren die Fliesen, und da waren auch die Goldrahmen. Lütjens senior hatte eine Vorliebe für dick gespachtelte Ölfarben gehabt. Sein Sohn schien einfach alles belassen zu haben, wie es war. Die Tür zum Esszimmer stand offen und gab den Blick auf geschnitzte Stühle und einen monströsen Eichentisch frei. Der Anblick entmutigte mich. Ich konnte unmöglich dieses ganze Museum durchkämmen. Am besten suchte ich erst einmal nach Jans Arbeitszimmer. Ich legte die Hand auf das Treppengeländer und bemerkte eine dicke Staubschicht darauf. Es gab aber schon mehr Handabdrücke. Wahrscheinlich hatte Nolli sie hinterlassen, als er die Stahlkassette zuletzt nach dem Herzen durchforschen wollte. Bestimmt hatte sich danach auch noch die Polizei umgesehen.

Im oberen Flur gab es vier Türen. Mir war, als hätte die stirnseitige damals zu Jans Zimmer geführt. Ich öffnete sie und knipste das Licht an, eine Leuchtstoffröhre begann zu zucken. Falscher Raum, dachte ich zuerst, weil ich unwillkürlich nach dem Bett mit Gigers *Gebärmaschine* darüber Ausschau gehalten hatte. Beides war fort, doch das Zimmer war das richtige. Wo einmal Landserheftchen gelegen und Flugzeugmodelle gestanden hatten, lagerten jetzt Ordner, pharmazeutische Fachzeitschriften und Nachschlagewerke in Büroschränken und -regalen. Vor dem Fenster stand ein moderner Schreibtisch mit Rollcontainer, Rechner, Tastatur, Monitor – und der Stahlkassette. Sie stand offen, so wie Noll sie wohl zurückgelassen hatte, der Inhalt war größtenteils auf der Tischplatte verstreut. Ein Koppelschloss, Schulterklappen, Kragenspiegel, ein Seitengewehr, ein BDM-Abzeichen, ein Mitgliedsabzeichen deutscher Kleingärtner mit Hakenkreuz, direkt daneben höchst deplaziert Jans Feuerwehr-Mitgliedsbuch, seine letzten Schulzeugnisse und eine *Siegerurkunde Bundesjugendspiele 1967*. Dass ich gehofft hatte, in dem Plunder einen wertvollen Hinweis zu finden, kam mir jetzt ziemlich blöd vor.

Ich schaltete die Schreibtischlampe ein, um nichts zu übersehen. Das Licht fiel scharf auf die bunt gemusterte Übergardine. Sie beulte sich an einer Stelle. Ich lehnte mich vor und schob den Stoff mit der Hand zur Seite. Auf der Fensterbank lag der rostige Stahlhelm.

Unvermittelt schlug mir das Herz bis zum Hals. Ich steckte den Zeigefinger der Linken in das Einschussloch und hob den Helm an. Darunter lag ein schneeweißer Schädel.

* * *

Armin hatte eine Entscheidung getroffen, und ich beneidete ihn darum. Ich wünschte mir brennend, ebenso einen Entschluss fassen zu können, aber mir fehlte jede Orientierung, ich schwamm im offenen Wasser, ich konnte mich wenden, wohin ich wollte, nirgendwo war Land in Sicht.

Das Gefühl, zum Ertrinken verurteilt zu sein, hielt noch länger als ein Vierteljahr bei mir an. Und dann, völlig unverhofft, erreichte ich festen Boden. Es war in der Woche vor Ostern; Brokheide war wegen der Ferien so verlassen, dass sich weder bei Kosanke noch im *Heidkrug* etwas rührte, im Zimmer fiel mir die Decke auf den Kopf, nach Hause wollte ich auch nicht. Nach einem öden Abend und einem noch öderen Vormittag entschloss ich mich, per Anhalter nach Hamburg zu fahren. Dass dort just an diesem Tag ein Rockkonzert stattfinden würde, wusste ich nicht.

In Stillhorn hielt ich einen bunt bemalten VW-Bus an, der voller Leute mit schulterlangen Haaren war. Sie gingen ganz selbstverständlich davon aus, dass mein Ziel die *Musikhalle* sei; sie fragten nicht mal, sie waren viel zu begierig darauf, ihre Vorfreude mit jedermann zu teilen. Songtitel schwirrten durch die Luft, Gitarrenriffs wurden diskutiert, es wurde gesungen, geklatscht, mit Händen und Füßen getrommelt. Viele der Lieder kannte ich; einige sogar in- und auswendig, denn sie liefen in Kosankes Musikbox und waren in meinem Bewusstsein mit den Geräuschen des Flipperautomaten verwoben, mit dem Geruch nach Spiegeleiern und altem Fett und dem Gefühl, die Zigarette verstecken zu müssen, wenn die Tür aufging. Die Begeisterung, die den Songs in diesem Bus entgegengebracht wurde, wunderte mich ein bisschen.

Der Andrang vor der *Musikhalle* war unglaublich. Mir wurde bewusst, dass ich erstens eine Eintrittskarte brauchen würde, wenn ich da reinwollte, und dass das Konzert im Übrigen längst ausverkauft war. Drei der Langhaarigen hatten freilich selbst kein Ticket und beruhigten mich: Man beherrsche gewisse »Kartentricks«. Ich wusste nicht, wie sie es anstellten, aber am Ende waren wir allesamt in der dunklen Halle. Die anderen drängten nach vorn vor die hochgetürmten Wände aus Lautsprecherboxen, ich suchte mir einen Platz weiter hinten, wo sich ein Podest mit dem Mischpult erhob. Ich fühlte mich in meiner Gelassenheit selbst ein wenig über die hysterische Menge erhaben.

Das änderte sich mit dem ersten Ton. Die Lautstärke, die Wucht der Bässe, die mir in den Bauch fuhren, der machtvoll schiebende Rhythmus packten mich auf Anhieb. Ich vibrierte im Takt wie ein Rohr im Wind. Weder die bunten Bühnenlichter noch die theatralischen Posen des androgynen Frontmannes machten Eindruck auf mich – es waren die Instrumente, verschmolzen zu einer gewaltig stampfenden, himmelstürmenden Klangmaschine, weit, weit darüber die Stimme des Sängers, strahlend, klagend, schreiend, flatternd, stöhnend. Es war die Mischung aus Rock, Blues und Folk, die mich mitten ins Herz traf, es waren die trägen Soli des Gitarristen auf der Les Paul, seine melodischen Dialoge mit der Leadstimme, die fließenden Harmonien der Akustikgitarren, der flimmernde Regen aus Mandolinentönen, die mich überwältigten. Zwei Stunden lang stand ich mit offenen Ohren, offenem Herzen und offenem Mund da, und diese zwei Stunden entschieden über mein ganzes Leben.

Anschließend hatte ich für niemanden einen Blick. Die Hände tief in den Manteltaschen, lief ich los, mein Gesicht glühte, in meinem Kopf spielte die Band weiter und weiter. Ich sah jetzt glasklar, was ich wollte. Musik!

Du hörst etwas, das du unbedingt haben musst, unter allen Umständen. Das Publikum reagiert, indem es Konzertkarten und Platten kauft. Ein Musiker aber kann nur das wirklich besitzen, was er selbst spielt: Wenn du es haben willst, musst du es machen. Ich war Musiker, das war alles!

Als ich in Brokheide aus dem Auto stieg, hatte ich bereits vergessen, wer mich mitgenommen hatte. Ich hatte nur meinen Entschluss im Kopf. Und ich wusste, was ich außer Musik noch wollte. Verrückterweise war ich mir sogar sicher, dass ich es kriegen würde. Von Kosanke aus rief ich Rolli zu Hause an, der mir versprach, gleich morgen mit dem Wagen zu kommen. Den Rest der Nacht verbrachte ich damit, mir genau zurechtzulegen, was ich tun würde. Ich war viel zu aufgeregt zum Schlafen.

In der Morgendämmerung hielt ich es nicht mehr aus, ich zog mich an und ging nach draußen. Es war windstill, aber frisch, und es roch intensiv nach Erde. Die Sonne kam leuchtend rot über den Horizont und griff nach den Feldern und Wiesen, in den Bäumen regten sich die Vögel. Auf dem Weg zum Mädchenheim sammelte ich eine Handvoll kleiner Steinchen. Während ich damit auf ein Fenster zielte, hoffte ich inständig, nicht das falsche erwischt zu haben. Schließlich tauchte sekundenlang Susanne Stockhausen hinter der Scheibe auf, die Mickymaus, kurz darauf erschien Doro, ein zerzauster, schwarzer Haarwust, blinzelnd zusammengeknifffene blaue Augen. Ich bedeutete ihr, sie möge herauskommen. Sie hob fragend die Schultern. Ich wies auf eine Stelle abseits unter den Bäumen, wo ich auf sie warten würde.

Sie brauchte nicht lange. Sie kam aus der Terrassentür des Aufenthaltsraums; der Haupteingang war noch verschlossen. Sie fragte nichts, ging nur mit verschränkten Armen neben mir her, als ich den Weg hinunter zum Bach einschlug. Die Erlen am Wasser waren noch kahl, aber das Gras hatte schon ein kräftiges Grün. Über dem Wasser hingen feine Nebelschleier. Erst als wir außer Sicht der Häuser waren, sagte sie: »Und?«

»Ich hau ab, Doro.«

Ihr Gesicht blieb unbewegt, nur ihre Augen weiteten sich. Ich hatte mir überlegt, was ich sagen wollte. Trotzdem fand ich es schwierig zu erklären, was mich trieb. Wir folgten der Bilse ein Stück durch die Wiese, dann gingen wir mit nassen Schuhen den Hügel hinauf zum Wald in Richtung Tengeloh. Ich berichtete von dem Konzert in Hamburg, redete mich in Eifer, schilderte die enthusiastische Reaktion der Menge, meinen inneren Aufruhr und die Erleichterung über meinen Entschluss.

»Ist das dein Ernst, Paul? Du willst wirklich ein paar Wochen vor dem Abi alles hinschmeißen, um dich breitbeinig vor einen kreischenden Kindergarten auf die Bühne zu stellen?«

»Wenn's sein muss, stell ich mich breitbeinig auf die Bühne«, sagte ich, »aber darum dreht sich's nicht. Nur die Musik ist wichtig. Bevor ich nach Brokheide gekommen bin, wusste ich mal ganz genau, was ich will und wozu ich tauge, aber dann bin ich aufs falsche Gleis geschickt worden. Ich hab mich die ganze Zeit gefragt, was mit mir nicht stimmt – jetzt weiß ich, dass ich völlig in Ordnung bin, ich bin nur am falschen Platz!«

»Willst du nicht wenigstens die paar Wochen bis zum Abi durchhalten?«

»Es gibt nichts durchzuhalten. Ich gebe ja nichts auf, im Gegenteil: Ich will endlich anfangen. Ich hab schon so viel Zeit verloren. Wieso sollte ich auch nur einen einzigen Tag damit vergeuden, dem Toni und den anderen Arschlöchern die Freude zu machen, mich durchfallen zu sehen?«

»Vielleicht bestehst du ja!«

»Das wär kein bisschen besser. Damit wär ich endgültig in der falschen Spur. Zu was müsste ich mich dann verbiegen – zum Lehrer? Pfarrer? Anwalt? Es hilft nichts, ich muss mir die falsche Zukunft verbauen, wenn ich eine richtige haben will.«

»Aber wie soll die aussehen? Was willst du tun?«

»Jobben und Musik machen. Unten anfangen. Ich kann sehr hart arbeiten. Genau das werde ich tun.«

Sie nickte langsam.

Ich nahm ihre Hand. »Du weißt, warum ich dir das erzähle, Doro.«

Sie schnitt eine schmerzlich-drollige Grimasse. »Ja, das weiß ich, Paul.«

»Und?«

»Ich hab's dir schon gesagt, Paul. Es geht nicht. Nicht in Brokheide.«

»Dann lass uns hier verschwinden.«

»Vielleicht ist das für dich das Beste.« Die schwarzen Brauen zogen sich zusammen. »Ich würd selbst gerne weggehen – lieber jetzt als gleich, das kannst du mir glauben. Aber in meinem Fall wär das Wahnsinn. Ich brauch das Abi.«

»Dann lass uns wenigstens für ein, zwei Tage abhauen.«

Ihre Hand bewegte sich leicht in meiner. »Was soll dabei rauskommen, Paul?«

»Lassen wir uns überraschen.«

Wir hatten das Wäldchen durchquert. Auf der freien Fläche vor uns ragte der Holzstoß des Osterfeuers auf. Er war riesig, eigens auf einen mächtigen Rost aus dicken Balken gelagert, um den Flammen reichlich Zuluft von unten zu gewährleisten. Neben einem Trecker lag noch mehr Holz und wartete darauf, dazugeschichtet zu werden.

Jemand saß in der Fahrerkabine, die Sonne durchschien die milchigen Fenster, seine Silhouette zeichnete sich ab. Während wir näher kamen, stieg er herunter und winkte: Jan Lütjens in seiner blauen Feuerwehruniform. »Na, so was«, sagte er verdutzt, »ihr zwei?«

Doro sah zur Seite, ich nickte nur. Wir lehnten uns an das Blech, wo es schon ein wenig von der Sonne gewärmt war.

Jan und ich steckten uns eine Zigarette an.

»Was machst du so früh hier draußen in voller Montur?«, fragte ich.

»Bin seit Mitternacht hier, hab den Holzstoß bewacht.«

»Bewacht? Wieso?«

»Tengeloh hat traditionell das größte Osterfeuer in der ganzen Gegend, und die Dalenhorster sind schon öfter mal vorbeigekommen und haben den Stoß vorzeitig angezündet!«

»Warum denn das?«

Er prustete. »Weil wir das bei denen auch schon öfter gemacht haben, deswegen!«

»Es lebe die Folklore.« Ich warf meine Kippe weg. »Na, dann noch viel Spaß.«

Wir ließen Jan mit seinem Holzstoß und dem Trecker allein. Auf dem Rückweg schwiegen wir beide; erst als die Dächer von Brokheide wieder auftauchten, blieb ich stehen und sagte: »Und?«

»Was, und?«

»Du weißt schon.«

»Ach, das.«

»Genau. Das.«

Sie schloss die Augen. »Ja.«

Mein Puls beschleunigte sich. »Ja?«

»Ja, Mensch!«

Mein erster Impuls war, sie in die Arme zu nehmen und zu küssen. Sie drehte den Kopf zur Seite und lachte. »Nicht!«

»Warum?«

»Ich hab mir die Zähne noch nicht geputzt, ich musste ja Hals über Kopf aus dem Haus rennen!«

»Konntest es nicht erwarten, mich zu treffen, was?«

Die blauen Augen wurden ernst und groß.

»Ja.«

* * *

Sobald wir Brokheide hinter uns gelassen hatten, war Doro völlig verwandelt. Sie war fröhlich, unbekümmert, übermütig. Rolli und Friederike rissen anfangs noch Witzchen über unsere verschlungenen Gliedmaßen auf dem Rücksitz, dann sahen sie lieber nur noch diskret nach vorn. Meine bisherigen zärtlichen Erfahrungen waren bescheiden, dafür war mein Nachholbedarf umso größer.

Die Zeit flog; kaum waren wir in Tengeloh losgefahren, hatten wir Bremen erreicht, Jever, die Harle, das Haus. Für Doro und mich konnte es trotzdem nicht schnell genug gehen. In der *Villa Witte* schafften wir es kaum die Treppe hoch, so hungrig waren wir aufeinander. Ich war furchtbar unbeholfen, aber Doro war geschickt und sanft und ungeniert. Wir konnten nicht genug bekommen. Zwischendurch lagen wir still nebeneinander, Doros Arm auf meiner Brust.

Ich streichelte den zarten, dunklen Flaum auf seiner Oberseite.

»Warum haben wir damit nur so lange gewartet?!«

»Pssst.« Sie pustete in mein Ohr.

Irgendwann nachts klopfte Rolli vorsichtig an die Tür und fragte, ob wir nicht wenigstens etwas trinken wollten, er habe sehr anständigen Wein.

Doro nickte mir heftig zu.

Rolli brachte ein Tablett mit einer Flasche, zwei Gläsern, Weißbrot und Gouda. Er grinste und verschwand wortlos.

Wir tranken, redeten, lachten, aßen und krümelten das Bett voll. Ich war so unglaublich froh und glücklich, dass ich nicht einmal merkte, wie müde ich schließlich war, ich schlief von einer Minute auf die andere ein, als hätte jemand behutsam das Licht ausgeknipst.

Als ich am späten Vormittag wach wurde, war ich allein. Ich hängte mir gähnend die Bettdecke um und machte mich auf die Suche.

Doro saß, ebenfalls in eine Decke gewickelt, mit angezogenen Beinen auf der Terrassenbank und sah auf den Fluss. Ohne sich umzudrehen, sagte sie: »Ich hab nachgedacht, Paul. Ich glaub, du machst das Richtige.«

Ich hockte mich eng neben sie und küsste sie auf die Wange. »Ein Mann muss tun, was ein Mann tun muss.«

Sie lachte. »Ich mein's ernst.«

»Ich auch! Ich fühl mich im Augenblick nur zu leicht für gewichtige Themen.«

Unsere nackten Füße berührten sich. Der Himmel war bedeckt, es roch nach Fluss, schilfig-moderig und frisch zugleich.

»Ich muss nach Brokheide zurück, Paul.«

»Was denn, jetzt? Heute?«

»Heute, ja. Deine Entscheidung hat eine Menge geändert. Und die letzte Nacht auch.« Sie griff nach meiner Hand. »Ich hab ebenfalls einen Entschluss gefasst, weißt du. Ich … muss was bereinigen.«

»Etwas bereinigen? Was denn?«

Sie schüttelte den Kopf. »Ich erzähl's dir, wenn ich's hinter mir hab. Ich muss das alleine machen.«

»Eine Frau muss tun, was eine Frau tun muss?«

»Ja.« Diesmal lachte sie nicht.

»Aber du lässt mich nicht wieder im Regen stehen, oder?«

»Niemals.«

»Du hast es schon mal gemacht!«

Sie nahm meine Hand. »Das mach ich nie wieder.«

»Nie wieder?«

»Versprochen, Paul. Aber jetzt muss ich zurück.«

Rolli war nicht begeistert, als ich ihn weckte. Den Gedanken, gleich wieder aufzubrechen, wies er empört von sich. Er hatte sich auf ein langes Wochenende mit Friederike eingestellt. Ich schlug Doro vor, mit mir per Anhalter zu fahren, aber das war ihr zu unsicher; sie hatte es eilig. Beim Frühstück bat sie Rolli so inständig, dass er am Ende seufzend nachgab.

»Schön«, sagte Friederike spitz, »dann bleib ich hier bei Paul.« Sie hängte sich bei mir ein.

»Sehr witzig! Du kommst brav mit mir.« Rolli zeigte mit dem Finger auf mich: »Aber du bleibst hier und bringst die Bude in Ordnung!«

Doro sah mich bittend an. Ich nickte ergeben. »Wenn's sein muss. Ich komme morgen nach. Wir treffen uns spätestens am Feuer.«

»Morgen Abend am Feuer.«

»Versprochen?«

»Versprochen.«

Als die drei losfuhren, winkte Doro durch die Heckscheibe, bis der Wagen außer Sicht war. Das war das letzte Mal, dass ich sie sah.

* * *

»Hier ist der Rainer!« Ich hatte mir ein *Heidefrühstück* aufs Zimmer kommen lassen und gerade von einem Wurstbrötchen abgebissen. Das Letzte, was ich auf der Zunge hatte, war eine Ausrede, deshalb machte ich nur »Hmhmhm« und ließ das Geräusch so erfreut klingen, wie es meine vollen Backen zuließen.

»Sag mal, Paul, du hast ja wohl einen Hang zu Mord und Totschlag, was?«

»Wie … hm … wie kommst du denn darauf?«

»Entschuldigung, ich versteh dich schlecht!«

Ich schluckte den Bissen runter, gab Bruno das Brötchen, auf das er ohnehin Anspruch angemeldet hatte, und räusperte meine Kehle frei. »Wie kommst du auf Mord und Totschlag?«

»Ich hab mit deiner Hausdame gesprochen, die hat mir so einiges erzählt.«

»Ach ja? Der muss ich wohl auch mal was erzählen.«

»Nee, lass mal, die ist schon in Ordnung, die ist bloß meinem Charme erlegen.«

»Was hat sie alles ausposaunt?«

»Nur, dass du verdächtigt wirst.« Die Neugier in seiner Stimme war nicht mehr zu überhören. »Wegen Mordes!«

»Na, großartig.«

»Anscheinend hast du ein Blutbad angerichtet.«

»*Das* hat sie gesagt?!«

»Hast du wirklich einen Zettel dagelassen und dich für die Sauerei entschuldigt?«

»Ich hab mich für eine Sauerei entschuldigt, das stimmt, aber nicht für *so eine* Sauerei!« Ich versuchte, ihm eine knappe Zusammenfassung der Geschichte zu liefern, er wollte jedoch alles ganz ausführlich hören.

An der Stelle, wo ich in der falschen Richtung auf die Autobahn aufgefahren war, warf er ein: »Glaub ich sofort. Ist völlig normal für einen Gitarristen!«

»Mach dich nur lustig«, sagte ich missmutig, »wegen dieser Blödheit bin ich überhaupt bloß unter Verdacht, sonst hätt ich nämlich ein Alibi. Ich war dermaßen in Gedanken, dass ich bis Großburgwedel gefahren bin, und dann kam noch eine beschissene Baustelle!«

»Richtung Süden hinter Großburgwedel? Die kenn ich. Sag mal, Paul, aus dieser Baustelle – da bist du doch bestimmt mit vorschriftsmäßigen Sechzig rausgefahren.«

»Sechzig?« Ich lachte gallig. »Ich fürchte, dazu hatte ich nicht mehr die Nerven. Ich bin da wohl eher rausgeschossen.«

»Dann hast du vielleicht ein Alibi, Mann! Da steht nämlich ein Starenkasten. Das weiß ich leider genau.«

Ich schwieg verblüfft. War ich geblitzt worden? Möglich. Aber hätte ich das nicht merken müssen? Vielleicht hatte ich es für ein Baustellenblinklicht gehalten. »Hör mal, Rainer, das ist ein Gedanke! Macht es dir was aus, wenn ich auflege? Das will ich unbedingt sofort …«

»Nee, ist schon in Ordnung. Hauptsache, ich kriege endlich den überarbeiteten Titel!«

»Sobald ich den Ärger hier hinter mir habe!« Die Antwort machte ihn nicht glücklich, aber wenigstens wusste er nun Bescheid.

Noch vom Bett aus rief ich Eckermanns Büro an. Er war nicht da. Ich hinterließ die Bitte, er möge bei der Verkehrspolizei anfragen, ob ich wegen einer Ordnungswidrigkeit an der Großburgwedeler Autobahnbaustelle aufgefallen sei.

Dann ging ich ins Bad. Die Dusche war so eng, dass ich mich ständig an den Armaturen stieß, während mir der Duschvorhang an den Waden klebte. Anschließend stand der halbe Raum unter Wasser. Der Hotelfön war so armselig, dass er für meine Haare Stunden gebraucht hätte, also rubbelte ich sie nur mit dem Handtuch trocken und ließ sie offen. Ich schrubbte die Zähne, packte meinen Kulturbeutel und zog mich an.

Ich hatte schon den Hund an der Leine und die Klinke in der Hand, da dudelte das Handy wieder. Rolli wollte wissen, ob ich im alten Lütjenshaus irgendwas gefunden hätte: »Wenn ja, wär's gut, Paul, sie haben nämlich Nolli schon wieder in der Mangel.«

»Eckermann und Fick?«

»Fick und einer aus Tengeloh.«

Der ungeduldige Bruno hechelte so laut, dass ich kaum ein Wort verstehen konnte.

»Also, was ist, Paul? Hast du irgendwas entdeckt?«

»Nichts, was nach einem Hinweis aussieht.« Ich erzählte ihm von dem Schädel.

»Gott, ja«, sagte er, »so geschmackloses Zeug hatte Jan doch schon immer.«

»Ich weiß. Nachdem ich drüber geschlafen hab, seh ich das auch so, aber gestern Abend hat mich fast der Schlag getroffen. Ich hab Eckermann mitten in der Nacht den Anrufbeantworter vollgequatscht.« Das Telefon neben dem Bett klingelte. »Ich muss Schluss machen, Rolli. Wir bleiben in Kontakt.«

»Herr Nickel?« Die Rezeption. »Hier sind zwei Herren, die Sie sprechen möchten.«

»Ich komme. Machen Sie bitte meine Rechnung fertig, ja?«

In der Halle standen ein sehr junger Uniformierter und ein älterer Mann, der aussah wie Eckermann ohne Bart. Mein wirrer Haarschopf irritierte ihn.

»Fischer«, stellte er sich vor, zeigte mir einen Ausweis und lächelte knapp. Seine Zähne standen krumm und schief. »Das ist Herr Hollbrügger.« Der Uniformierte machte eine Art Verbeugung und strahlte dabei Bruno an.

»Wir sind mit der Untersuchung des Mordfalles Noll befasst«, fuhr Fischer fort. »Von den Wittholter Kollegen sind Sie diesbezüglich ja bereits befragt worden.«

Ich seufzte zustimmend.

»Wie wir heute früh informiert wurden, haben Sie gestern Nacht einen weiteren Leichenfund aus dem Noll'schen Anwesen gemeldet.«

Die Hotelangestellte nahm meine Rechnung aus dem Drucker, reichte sie mir und sah mich mit großen Augen an.

Fischers Formulierung gefiel mir überhaupt nicht. »Das wollen wir doch bitte etwas anders ausdrücken.« Ich zog meine Brieftasche und zahlte. »Ich habe mit Einwilligung von Herrn Noll den Nachlass seines verstorbenen Schwagers durchgesehen, dabei habe ich zufällig bemerkt, dass auf der Fensterbank ein menschlicher Schädel stand. Das ist alles!«

Dem Mädel blieb der Mund offen. Ich gab ihr ein beruhigendes Trinkgeld, steckte die Brieftasche weg und drehte mich wieder zu Fischer um: »Das Ding kann uralt sein! Jeder Medizinstudent hat so was. Frau Nolls Bruder hat alle möglichen Weltkriegsandenken gesammelt, der hatte einen ziemlich makabren Geschmack, wissen Sie. Wahrscheinlich ist es überhaupt nur Plastik.«

Fischer schüttelte den Kopf und entblößte bedauernd den Zahnverhau. »Nein, Herr Nickel, um Kunststoff handelt es sich definitiv nicht. Der Erkennungsdienst ist bereits vor Ort. Wir nehmen so was sehr ernst, wir betrachten Leichenteile niemals als Souvenirs.«

»Ich hab nur an Kunststoff gedacht, weil er so weiß war.«

»Das hat andere Gründe. Herr Hollbrügger, können wir?«

Der junge Mann hatte sich hingehockt, Brunos Bärenhaupt gekrault und sich von ihm die Uniform vollsabbern lassen. Nun sprang er hastig auf. Ich bot ihm die Leine an, er blickte fragend auf Fischer. Der nickte und sah auf die Uhr.

»Seien Sie so nett, Herr Nickel, und zeigen Sie uns den Weg, auf dem Sie am Mordtag vom Hause Noll aus hierher zum *Heidkrug* gelaufen sind. Es gibt ja leider ein zeitliches Problem mit Ihrem Alibi.«

Ich schlug den Fußpfad am Ortsrand entlang ein und erzählte von der Großburgwedeler Radarfalle.

Fischer biss sich auf die Unterlippe und sagte nichts.

Ich ärgerte mich. »Mag sein, dass Ihnen das nicht gefällt, aber ich hab nicht viel Freude dran, vor aller Welt als Mörder verdächtigt zu werden. Ich wär dankbar, wenn da so schnell wie möglich Abhilfe geschaffen werden könnte.«

Er sah mich erstaunt an. »Wieso sollte mir das nicht gefallen? Das würde mir sehr gut gefallen! Glauben Sie, es macht uns Spaß, unsere Zeit mit falschen Spuren zu verplempern?«

Hollbrügger war mit Bruno vorausgestürmt. Dort, wo der Fußweg auf die Straße zum Lütjenshaus stieß, herrschte Betrieb. Leute mit Handschuhen machten sich auf der Rückseite eines Vans zu schaffen, dahinter stand Eckermanns Wagen, der Hauptkommissar selbst stand daneben und sprach mit der schlüsselhütenden Nachbarin. Als er uns bemerkte, kam er uns entgegen und deutete mit dem Kinn fragend auf

Hollbrügger, der sich inzwischen fernab mit hochrotem Kopf durch die Wiese zerren ließ.

»Da guckst du, was?«, rief Fischer, »Konditionstraining! Ich lass meine Leute rennen! Beim nächsten Faustballturnier machen wir euch platt!«

Eckermann gab mir die Hand: »Herr Nickel, Herr Nickel! An Verkehrsregeln halten Sie sich also auch nicht.«

»Haben Sie was erfahren?«

Er nickte. »Gerade eben. Schlechte Nachrichten.«

»Kein Blitzfoto?«

»Doch. Hundertzehn Stundenkilometer bei vorgeschriebenen sechzig; ein paar Stundenkilometer Toleranz abgezogen, sind das immer noch mehr als einundvierzig zu viel, das heißt: vier Wochen Fahrverbot.«

»Aber ich bin außer Mordverdacht!«

»Hatte ich Sie denn verdächtigt?

»Klar hatten Sie!«

»Offen gesagt – eigentlich nicht. Trotz Ihres Zettels.«

Ich wusste nicht, ob ich wütend oder erleichtert sein sollte.

Einer der Erkennungsdienstler trat zu Eckermann. »Wir wären dann soweit. Wenn Sie einen Blick darauf werfen wollen?«

Der Hauptkommissar winkte mich zum Van. Der Behandschuhte schlug vorsichtig eine Folie auseinander. Eckermann beobachtete mich. Im hellen Sonnenlicht erkannte ich, dass der Schädel nicht unversehrt war. Der Unterkiefer fehlte, von der Kalotte waren große Stücke abgebrochen, in der Umgebung der Bruchstellen war der Knochen porös, bröselig.

»Wieso ist er so weiß?«, fragte ich.

»Er ist kalziniert«, sagte der Mann von der Spurensicherung.

Kalziniert. Ich wusste, was das bedeutet. Mein Vater hatte mir einmal erklärt, dass Leichen selbst in Krematorien nie gänzlich zu Asche verbrennen. Die größeren Gebeine bleiben in kalzinierter Form erhalten und müssen erst zermahlen werden, um in eine Urne gegeben werden zu können. Dieser Schädel war im Feuer gewesen, vielleicht der ganze Mensch. Tief in meiner Seele begann eine Alarmglocke zu schrillen. Eine unheilvolle Sturmwarnung, die Vorahnung großer Schmerzen.

»Was ist?«, fragte Eckermann.

»Nichts«, sagte ich und setzte mich auf den Bordstein.

5. Kapitel

Ich schaffte es aus Friesland glücklich zur Eröffnung des Osterfeuers, weil mich der letzte Fahrer, den ich anhielt, bis Brokheide brachte, obwohl es ein Umweg für ihn war. Ich warf nur rasch meine Tasche ins Zimmer, dann lief ich los. Schon vom Wald aus war der Lärm zu hören, Gelächter, Rufe, Musik. Als ich das freie Feld dahinter erreichte, sah ich die Fackeln im Dunkeln leuchten. Feuerwehrleute umkreisten den Holzstoß und setzten ihn rundum gleichmäßig in Brand, dazu intonierte die Blaskapelle der Tengeloher Bürgerschützen Nini Rossos *Il Silenzio*. Ich stürzte mich in die Menge und fand meine Freunde an einem der Bierstände.

»Wo ist Doro?«, fragte ich Rolli.

»Hab sie gestern wunschgemäß herchauffiert.« Er legte den Arm um Friederike und stieß sie mit der Hüfte an: »Wo ist Doro?«

»Keine Ahnung.« Friederike beugte sich vor und flüsterte mir ins Ohr: »Hast du das junge Glück gesehen?«

Sie deutete mit den Augen auf Nolli. Der stand mit dem Rücken zu uns und hielt jemanden umschlungen.

»Es geschehen Zeichen und Wunder, Paul«, sagte Rolli. »Weiß der Himmel, wie er's gemacht hat, aber unser langer Bruder hat den Eisklotz zum Schmelzen gebracht! Sa-genhaft.«

Nolli drehte sich um und lächelte mich mit seinem schwarzen Zahn an. An seine Brust gelehnt stand Claudia Lütjens. Sie war verlegen, aber sie lächelte ebenfalls.

Rolli tippte mir auf die Schulter: »Bevor ich's vergesse: Ich soll dich von Armin grüßen, der war gestern hier. Tat ihm leid, dass er dich verpasst hat.«

»Armin! Was hat er gesagt? Was macht er?«

»Hat nicht viel geredet, hat nur sein letztes Zeug geholt.«

Rolli hielt die Hand vor die Augen, um sie von den Flammen abzuschirmen. Die hatten jetzt den ganzen Holzstoß in Besitz genommen; der Widerschein fiel lodernd aufs nächtliche Feld und beleuchtete die Tengeloher, die in Gruppen beieinander standen und die Wärme genossen. Kinder rannten rund ums Feuer, andere Kinder hinterher, zuletzt folgte meist eine Mutter. Die Metzgerei Ossenbarg hatte so viel Holzkohle unter ihrem Grillrost angefacht, dass die Würstchen vermutlich mal wieder innen kalt und außen verkohlt verkauft wurden; trotzdem herrschte Hochbetrieb am Wurststand. Die Blaskapelle der Tengeloher Bürgerschützen hatte vor dem roten Unimog der Freiwilligen Feuerwehr Aufstellung genommen, um Biergläser auf dessen Stoßstange und Kotflügeln abstellen zu können, und spielte, was das Zeug hielt. Mit der Zeit wurde der freie Platz um das Osterfeuer herum größer und größer; die Hitze war nur noch von fern auszuhalten. Die Menschen wendeten in ständigem Wechsel mal das Gesicht, mal den Rücken von den Flammen ab. Der Holzstoß war zu einem weißglühenden Höllenherd geworden, aus dem ohne Pause Funkengarben in den Himmel stoben.

Auf der Suche nach Doro drehte ich Runde um Runde, drängte mich durch die Menschen und hielt Ausschau, ich lief übers Feld zum Wald zurück, wo sich schwankende Männer vom vielen Bier erleichterten, ich suchte den Weg ab, der in den vergangenen Wochen zwischen Tengeloh und dem Holzstoß festgefahren worden war.

Nach Mitternacht lichtete sich die Menge, auch die Brokheider Schülergruppe löste sich allmählich auf. Als Erster verschwand Nolli mit Claudia. Rolli und Friederike blieben, bis ich Friederike bat, für mich im Mädchenheim nachzusehen, und wir brachen gemeinsam auf. Hinter uns hörten wir die Blaskapelle zum letzten Mal *Over In The Glory Land* spielen. Friederike ging ins Haus und erschien kurz darauf mit bedauerndem Kopfschütteln am Fenster.

»Lass gut sein, Paul«, sagte Rolli. Er legte mir die Hände auf die Schultern. »Vergiss sie. Die Welt ist voller Weiber.«

Ich nickte. »Hast recht. Mach's gut.«

»Wo willst du denn jetzt noch hin?«

»Ich geh noch mal zum Feuer.«

In meinem Innern war es finsterer, als die Nacht je sein konnte. Ich stolperte fluchend und schluchzend durch den Wald, ich hätte schreien können vor Enttäuschung und Wut. Der Festplatz war jetzt leer bis auf den Unimog und den Trecker. In der Fahrerkabine saß Jan Lütjens und schlief. Das vorhin so unbändig tobende Feuer hatte seine Kraft verloren, es hatte sich satt gefressen, die Flammen leckten nur noch träge an den verkohlten Stümpfen des Balkenrostes. Ich holte mir einen Klappstuhl aus einem der verlassenen Bierstände, setzte mich, sah zu, wie das mörderische Tier langsam einschlief, lauschte dem schrillen Singen in meinen Ohren und ordnete in Gedanken mein Leben.

Als es hell wurde, hatte ich endgültig einen Schlussstrich gezogen. Ich stand auf und ging, ohne einen Blick zurückzuwerfen.

* * *

Eckermann hatte mir besorgt vom Bordstein hochgeholfen, dann hatte er unbedingt den Grund meiner Bestürzung wissen wollen. Das Chaos in meinem Kopf war aber viel zu groß; ich hätte beim besten Willen keine vernünftige Auskunft geben können. Ich musste erst nachdenken, ich musste nach Hause zu meinen Zetteln, ich musste allein sein, ich musste der Sache ganz und gar auf den Grund gehen, um mit meiner furchtbaren Vermutung und dem Zorn fertig zu werden. Der Hauptkommissar sah, dass mich etwas umtrieb, doch am Ende blieb ihm nichts anderes übrig, als mich ziehen zu lassen. Ich musste ihm nur versprechen, nichts Unüberlegtes zu tun und mich schnellstmöglich wieder bei ihm zu melden.

Anneliese sah mir von Weitem an, dass etwas nicht stimmte. Sie überwand sich selbst und stellte keine einzige Frage, sie ließ mich völlig in Ruhe und sorgte dafür, dass mich weder das Telefon störte noch der Hund. Ich bemerkte es nicht einmal, als sie spätnachmittags ging.

Ich schrieb, und der Papierwust wucherte. Diesmal ergaben die Notizen mehr Sinn; da war ein Muster, da waren die beherrschenden Motive, da war der alles treibende Rhythmus, hämmernd wie der Puls in meinen Ohren. Doro, das Feuer, Jan Lütjens, Claudia. Ich wusste, dass ich ganz nahe dran war. Ich grub in meinem Gedächtnis, ich fand Details, Wörter, Bilder, Gesten. Der Abend kam, was mir nur deshalb auffiel, weil ich meine Schrift nicht mehr lesen konnte. Ich machte Licht und schrieb weiter, bis ich so müde wurde, dass ich mich für einen Augenblick aufs Ledersofa am Fenster legen musste.

Die lange, intensive Rückbesinnung ließ meine Erinnerungen scharf zutage treten. Ich sah Armin vor dem Jungenheim in der Bounty sitzen, das Standgas heulte, und ich hörte ihn sagen: »Man trifft sich hoffentlich noch mal im Leben.« Dann dieser eigenartige Blick und die Warnung: »Häng dein Herz nicht an Doro. Bringt nur Unglück.« Doro lachte und gab mir einen weichen Kuss auf den Mund: »Ich bin doch ST.« In der Tür standen Nolli und Claudia. Er hielt sie umschlungen; sie sagte nichts, sah mich nur schweigend an, und plötzlich wich alles Blut aus ihrem Gesicht. Himmlers Schlag traf mich völlig unvorbereitet, »Ihnen ist hoffentlich bewusst, was das bedeutet, Nickel«, bellte der Chef. »Amatoris donum«, antwortete ich, und im aufbrandenden Applaus rief mir der schöne Toni zu: »Weißt du, dass du gerade zwei lateinische Wörter in den Mund genommen hast?« Er hob Irene Bozettis Guarneri-Geige ans Kinn und stimmte das schottische *Auld Lang Syne* an; die Musiklehrerin fiel ein, das hagere Profil hingebungsvoll über den Flügel gebeugt, sodass Doros kleines Herz bis fast auf die Tasten herunterhing, aber aus den Augenwinkeln funkelte sie mich an: »Ihr könnt die kleinen Biester nicht in Ruhe lassen!« Im Saal bildete man einen großen Kreis, hielt einander an den Händen, und in der Mitte stand Rolli und rief: »Fast alle Vermissten tauchen ganz von selber wieder auf! Irgendwann tauchen sie alle wieder auf!«

Ich erwachte mit einem ekligen Durstgefühl, doch bevor ich mir etwas Trinkbares besorgte, notierte ich hastig die verwaschenen Eindrücke des kurzen Schlafs, ehe sie wieder in meinem Unterbewusstsein versanken. Dann ging ich hinunter in die Küche.

Der Groschen fiel, als ich vor dem Weinregal stand. Während ich nach einer Flasche Montepulciano griff, explodierte die Erkenntnis in meinem Kopf wie eine Silvesterrakete. Ich stand einen Moment wie festgenagelt. Mit einem Schlag war die Unruhe fort, die ohnmächtige Wut verwandelte sich fast wohltuend in kühlen Hass.

Ich öffnete die Flasche und ging wieder nach oben. Ich brauchte nur wenige Stichworte, um meine Notizen zusammenzufassen, und während ich ordnete und ergänzte, verschwanden die letzten Unklarheiten. Ich war fertig, noch bevor ich das erste Glas Wein ausgetrunken hatte. Allerdings sah ich auch: So augenfällig die Zusammenhänge für mich auf der Hand lagen – es gab keinen Beweis. Ich rief Rolli an.

Er war zu meiner Überraschung trotz der Nachtstunde sofort am Apparat; missmutig, aber wach: »Wie bitte? Was brauchst du? Jan Lütjens' Schulzeugnisse? Was willst du denn damit?«

»Ich will sie auf dem Ehemaligenfest rumzeigen.«

»Verarschen kann ich mich selber!«

»Du wirst schon sehen. Sie liegen auf Jans Schreibtisch im alten Lütjenshaus.«

»Na schön, meinetwegen. Ich versteh's zwar nicht, aber ich hol sie dir. Viel Publikum wirst du dafür nicht finden, die Ehemaligenfeste sind schlecht besucht in letzter Zeit, es wird von Jahr zu Jahr weniger.«

»Weißt du, wer alles kommt?«

»Ich weiß von ein paar Leuten aus unserem Jahrgang. Die alte Clique im Wesentlichen. Der Rest interessiert mich sowieso nicht. Möglich, dass es diesmal bloß so eine Art Klassentreffen mit den alten Lehrern wird.«

»Aber zumindest das ist sicher?«

»Ich kann mich morgen früh vergewissern, wenn du willst.«

»Tu das. Ach, und noch was: Solltest du alte Schulfotos haben oder besorgen können – bring sie mit!«

»Gruppenaufnahmen?«

»Egal. Offizielle Fotos, inoffizielle, Bilder von Klassenfahrten, Klassenfesten, Schulfesten – was du kriegen kannst. Wieso schläfst du eigentlich nicht?«

»Wieso schläfst *du* nicht? Was hast du vor?«

»Das erfährst du morgen Abend. Vorausgesetzt, du bringst mir die Zeugnisse.«

»Schön, ich werd Nolli deswegen anrufen. Und ein paar Fotos zusammensuchen. Was werde ich also morgen Abend erfahren?«

»Die Lösung.«

* * *

Am Samstagvormittag hatte ich selbst eine Reihe von Telefonaten zu erledigen. Ich sicherte mir das letzte freie Zimmer im *Heidkrug*, ich drückte Anneliese fürs Wochenende Bruno aufs Auge, dann sprach ich mit Rolli. Er hatte in Brokheide nachgefragt und konnte vermelden, dass die alte Clique samt Lehrern komplett angemeldet sei, »Vermisste und Verstorbene ausgenommen.« Während er sich auf den Weg machte, um Jans Zeugnisse zu holen, schaute ich kurz noch ins Internet. Zuletzt rief ich Eckermann an. Ich erreichte ihn unter seiner Handynummer.

»Herr Nickel? Au, das passt gerade schlecht!«

Wie sich herausstellte, war er im Supermarkt und schob seiner Frau den Einkaufswagen, aber darauf konnte ich keine Rücksicht nehmen. »Heute Abend findet in Tengeloh ein Treffen ehemaliger Brokheider Schüler statt, das Sie interessieren dürfte, Herr Hauptkommissar. Ich werde da nämlich einige klärende Worte sprechen.«

Eckermann kannte mich gut genug, um auf der Stelle an die Decke zu gehen: »Was? Diese Masche wieder? Enthüllungen vor versammelter Mannschaft? Auf keinen Fall! Herr Nickel, ich sage Ihnen klipp und klar: Das gibt's nicht! Das werd ich nicht dulden!«

»Es handelt sich um das offizielle Ehemaligenfest der Internatsschule Brokheide. Wenn Sie da diskret auftreten möchten, sollten Sie besser keine uniformierten Beamten mitbringen.«

»Haben Sie nicht zugehört? Ich dulde das nicht! Sie werden keinesfalls noch einmal den Hobbydetektiv spielen!«

»Ich treffe mich, wie gesagt, nur mit ein paar alten Schulfreunden; daran werden Sie mich kaum hindern können. Es sei denn, Ordnungswidrigkeiten wie überhöhte Geschwindigkeit sind Anlass genug für eine Verhaftung.«

»Seien Sie doch vernünftig, Herr Nickel! Wenn Sie irgendwas rausgefunden haben, wenn Sie irgendwas wissen, was ich nicht weiß, dann sagen Sie's mir gefälligst! Mord ist kein Kinderspiel!«

»Das weiß ich.« Beim Gedanken an mein Wissen fühlte ich den Hass geradezu körperlich. »Ich weiß, dass Mord kein Kinderspiel ist. Deshalb informiere ich Sie ja. Wenn Sie kommen möchten – gut. Wenn nicht, mach ich's alleine. Die Veranstaltung beginnt um halb acht.«

Ich legte auf. Keine dreißig Sekunden später begann der Apparat Sturm zu klingeln. Ich beachtete ihn nicht und ging meine Sachen packen. Ich holte ein paar besonders teure Hemden aus dem Schrank, ein italienisches Rohseidenjackett, Designerjeans und handgenähte Elchledermokassins. Als ich fertig aufgebrezelt mit meiner Reisetasche vor dem Spiegel stand, kam ich mir vor wie einer, der mächtige Komplexe zu kompensieren hat. Egal. Ich hatte an Wichtigeres zu denken.

In der Halle wartete Anneliese, um Bruno zu übernehmen. »Nee, wa?! So sieht man dich ja selten, Paul! *Siehst* du gut aus! Triffst du dich mit 'ner Dame? Denn nimmst du bestimmt auch den Porsche.«

»Dame nein, Porsche ja. Ich werd heute viele alte Schulkameraden wiedersehen, die hoffentlich allesamt fett und kahl und faltig geworden sind, Anzüge von der Stange tragen und gebrauchte Mittelklassewagen fahren. Da muss ich mich schon ein bisschen abheben.«

»Man bloß gut, dass du keine Komplexe hast.«

»Wo ist dein Haushaltsbuch, Anneliese?«

Sie hob das Kinn: »Wieso? Stimmt was nicht?«

Ich grinste. »Das werden wir ja sehen.«

Sie rauschte in die Küche und kam mit der kleinen Kladde zurück, in der sie penibel über alle Ausgaben Buch führte.

Ich klopfte auf den abgegriffenen Pappdeckel: »Danke. Sehr gut. Sieht genau richtig aus.«

Dies war einer der seltenen Momente, in denen Anneliese vor Neugier fast platzte, sich aber lieber die Zunge abgebissen hätte, als eine Frage zu stellen. Stattdessen pickte sie mir ein imaginäres Stäubchen vom Jackenärmel: »Na, denn tschüs.«

Sobald ich im Wagen saß, verflüchtigte sich das Gefühl übertriebener Eitelkeit ganz von selbst: Der Porsche stank wie stets bestialisch nach Hund. Während der Fahrt legte ich mir meinen abendlichen Auftritt zurecht und übte laut. Ich wählte knappe, unmissverständliche Formulierungen, ich bügelte Stolperstellen aus. Vor allem versuchte ich abzuschätzen, wo Einwände oder Ausflüchte kommen könnten, und wie ihnen am effektvollsten zu begegnen wäre. Als ich die Brokheider Abzweigung vor Tengeloh erreichte, fand ich mich recht gut vorbereitet.

Das Erste, was mir auf Kosankes Parkplatz ins Auge sprang, war ein Bentley, dessen blaugrüne Lackierung scharf mit der ferkelfarbenen Kneipenfassade kontrastierte. Das Zweite war Kosanke selbst, der gerade zwei gut besetzte Tische im Biergarten unter den Linden mit Getränken versorgte. Während ich ausstieg, sah alles zu mir herüber.

Einer erhob sich, groß, breit und immer noch irgendwie bügelfaltig: Armin! Er hatte graue Schläfen, seine Haut war gealtert, doch er hatte noch immer kein Gramm Fett am

Körper. Er kam mit einem breiten Lächeln auf mich zu, sein Gang war jung und beschwingt.

»Dein Bein ist gesund«, sagte ich einfältig und verschaffte mir damit ein verdientes Déjà-vu-Erlebnis: Armin hob kommentarlos das Hosenbein und ließ mich eine chromglänzende Prothese sehen, dann zog er mich an sich und erstickte meine Entschuldigung an seiner Brust.

»Mann, Paul, wie schön, dich endlich mal wiederzusehen!« Er hielt mich mit den Pranken ein Stück von sich weg. »Du hast einen Hund, stimmt's?«

Seine Nase mochte noch gut sein, aber viele Haare hatte er nicht mehr. Er legte mir einen Arm um die Schulter: »Wir beide, wir haben damals genau das Richtige gemacht, Paul. Das einzig Richtige.«

Ich versuchte mich zu befreien. »Dir glaub ich das unbesehen, bei mir bin ich nicht so sicher.«

»Red keinen Scheiß.« Er steuerte den Tisch unter den Linden an. »Ich hab vier Töchter, die hören alle von morgens bis abends Stefan Frank, und auf sämtlichen Platten steht hinter den schönsten Titeln dein Name. Ich bin stolz auf dich, Mann!« Er klopfte mit den Fingerknöcheln auf eine Tischplatte und erklärte laut: »Hier kommt der Beste von uns allen: Paul Nickel!«

Ich schüttelte reihum Hände und versuchte, vertraute Züge zu erkennen. Bei vielen gelang es mir sofort, bei einigen, vor allem bei den Dicken, nur mühsam oder gar nicht. Neben Nolli saß ein ernster, junger Mann, offenbar sein Sohn Michael. Er war blond wie seine Mutter. Ich hatte das Gefühl, ihn schon mal gesehen zu haben, und als er mir zunickte, fiel es mir ein: Er war mir im Treppenhaus der Praxis entgegengepoltert. Nolli suchte nervös meinen Blick, die knochigen Finger ineinandergeknotet. Er musste unter gewaltiger

Anspannung stehen. Zu seiner Linken saß Rolli, der ihm bestimmt von meinem Vorhaben berichtet hatte. Rolli hob kurz ein Couvert, das er auf dem Schoß hatte. Neben ihm erkannte ich Friederike. Sie hatte im Gegensatz zu den anderen ein verknittertes, kleines Mäusegesicht bekommen.

Kosanke stützte die Arme auf den Tisch: »Wenn Se Jeld haben, Herr Nickel, bring ich Ihnen auch ein Bier.« Diesmal war die Frage tatsächlich als Scherz gedacht. Einige lachten.

»Ich hätte gern einen Kaffee«, sagte ich und setzte mich. Es war angenehm kühl im Halbschatten; ein leichter Wind bewegte die Haare derer, die noch welche besaßen, und ließ Sonnenflecken auf dem Tisch und den Gesichtern umherhuschen. Die Gespräche waren lebhaft. Jeder wollte wissen, wie es den anderen ging, ich musste tausend Fragen über meine Arbeit beantworten. Alle anderen am Tisch hatten solide Berufe, es gab allerdings auch Berichte über einige nicht anwesende verkrachte Existenzen, und mit verhaltener Stimme wurden Sterbefälle beklagt. Nur den Tod von Jan Lütjens und den Mord an Claudia wagte in Nollis Anwesenheit niemand zu erwähnen.

Rolli gab mir den Umschlag. Darin waren Jans Zeugnisse und die Klassenfotos. Leider zeigte keines der Bilder, was ich mir erhofft hatte. Zum Glück reichten auch andere in der Runde noch alte Fotos herum, und eines davon war ein Volltreffer. Ich ließ es beiläufig in meiner Brusttasche verschwinden.

»Wer ist das denn?« Friederike beschattete ihre Augen und runzelte die Stirn. »An den erinnere ich mich überhaupt nicht!«

Ein dunkler Passat war auf den Parkplatz gefahren. Vier Insassen stiegen aus, darunter ein Mann mit Bart. Er warf mir einen finsteren Blick zu. Ich ignorierte ihn und sagte zu

Friederike: »Das muss einer sein, der als Sextaner noch keinen schwarzen Vollbart hatte.«

Rolli sah fragend zwischen den Beamten und mir hin und her, ich legte den Finger auf die Lippen und beschloss, dem polizeilichen Kontakt auszuweichen. Ich stieß Armin an: »Lass uns ein paar Schritte gehen. Ich will dich was fragen.«

Wir nahmen den Weg zwischen Kosanke und dem Jungenheim, den wir früher so oft alle gemeinsam gegangen waren. Auf der Schultreppe und auf dem Rasen waren überall Schüler. Die Mädels trugen bauchfreie Tops, die meisten Jungen übergroße Jeans, deren Zwickel knapp oberhalb der Kniekehlen hing.

»Als du damals hier weggefahren bist, Armin, hast du mich vor Doro gewarnt. Warum? Hattest du dafür einen konkreten Grund?«

»Ich hab dich vor Doro gewarnt? Weiß ich gar nicht mehr. Aber ich hab scheint's recht behalten – nach allem, was ich von Rolli gehört habe, hat sie dich nicht gerade glücklich gemacht.«

»Wie hast du das vorher wissen können?«

»Gar nicht.« Er wich aus. »War wohl nur so ein Gespür.«

Die Eingangstür zum Heim stand weit offen. Drinnen sah alles aus wie früher, die große Holztreppe, die Glastüren zum Speisesaal, die Tische. Gerade wurden die Reste des Abendessens abgeräumt. Neben dem Speisenaufzug noch immer die Anrichte; statt Pfefferminztee stand allerdings nun ein Tablett mit einer Orangensaftkaraffe und Gläsern darauf. Ich nahm eines und warf es Armin zu; er fing es auf und war schon im Begriff, es zurückwerfen, als er sah, dass ich die Hände in den Hosentaschen hatte. Wir lachten beide. Er stellte die Tasse auf die Anrichte zurück.

»Ich war ein Kotzbrocken, was?«

»Allerdings.«

Wir wanderten den unteren Flur entlang, dann die Treppe nach oben, vorbei an lauter offenen Türen. Überall junge Gesichter. Automatisch steuerten wir unser altes Zimmer an. Die Belegschaft hob bei unserem Eintreten die Köpfe und grüßte artig. Drinnen zog es mich unwiderstehlich zu dem Bett hinten links. Ich legte die Hand darauf und teilte dem Vierzehnjährigen, der da saß und die Beine baumeln ließ, mit: »Genau hier hab ich als Junge auch geschlafen.« Er blies die Backen auf und nickte höflich.

»Was zwingt einen bloß, so was zu sagen?«, fragte ich Armin, als wir wieder auf dem Weg nach unten waren.

Er hob die Schultern. »Ich sag's auch jedes Mal.«

Draußen warfen die Bäume schon lange Schatten. Armin zeigte mit dem Finger auf den Schuleingang: »Sieh dir das an!«

Ein alter Herr mühte sich mit Tonis Unterstützung, die Stufen zu erklimmen; ein klappriges, gebücktes Männchen am Stock, völlig kahl bis auf die flusigen Reste eines Haarkranzes am Hinterkopf.

Armin griff nach meinem Arm. »Oh, lieber Gott, lass ihn auf die Fresse fallen!« Er klatschte bittend in die Hände. »Lass ihn die Treppe runterfallen und sich alle Gräten brechen!«

Ich sah ihn befremdet an, er breitete die Arme aus: »Der Chef!«

Das alte Männlein erreichte den Treppenabsatz, ließ sich die Tür aufhalten und wackelte ins Innere.

»Schade. Vielleicht passiert's ja auf dem Heimweg.« Armin sah auf die Uhr. »Schon nach sieben. Komm, wir gehen auch.« Er musterte mich. »Was ist los? Müde?«

»Unsinn.«

Es war wie immer vor einem Auftritt. Ich musste gähnen. Ich hatte kaum mehr damit gerechnet, und nun hatte mich das Lampenfieber doch noch gepackt. Jeder, der schon mal vor ein Publikum getreten ist, kennt das Phänomen. Wer nicht gähnen muss, bekommt feuchte Hände oder einen Tatterich oder sonst was, oder es treibt ihn auf die Toilette. Das Hauptsymptom jedoch ist der Eindruck, man habe hektisch rotierende Rasierklingen im Magen, ein Gefühl, das sonst nur Menschen erfasst, die gerade von einem Hochhaus fallen oder auf Schienen gefesselt den Zug kommen hören. Dabei ist von einem Publikum gar nichts Gefährliches zu befürchten. Schlimmstenfalls wird man ausgebuht; das ist sehr unangenehm, aber nicht lebensbedrohlich und mit Sicherheit kein Anlass für derart zwerchfellzerfetzende Empfindungen.

Verrückt ist auch, dass man dem Fluchtinstinkt niemals folgt. Man sucht nicht das Weite, sondern betritt unweigerlich die Bühne. Noch hätte ich mich mit meinem Wissen an Eckermann wenden können; jetzt, wo es ernst wurde, war der Gedanke plötzlich sehr verlockend. Trotzdem tat ich es nicht. Und das war gut so, denn es war sehr fraglich, ob der Hauptkommissar meine Überlegungen überzeugend finden würde, schließlich hatte ich keinerlei Beweise. Bestenfalls würde er meine Theorie wochenlang durch die Mühlen der Kriminalistik drehen und – mit Glück – irgendwann auf Belastungsmaterial stoßen. Darauf konnte ich mich nicht verlassen.

Ich wollte Vergeltung, und zwar jetzt.

»Gehen wir«, sagte ich.

Während wir die Stufen hinaufstiegen, erhöhten die Rasierklingen in meinem Magen die Drehzahl. Der Schulflur roch unangenehm vertraut. Ich holte tief Luft und wappnete mich gegen etwa aufkommende Rührseligkeit, gegen den Anblick einer erwartungsvoll aufgeregten Band und weinkellnernder Schüler in weißen Hemden. Das erwies sich jedoch als unnötig, denn statt den Weg zur Turnhalle zu nehmen, führte mich Armin durch den Hinterausgang auf den Schulhof. An dessen gegenüberliegendem Ende, dort, wo er an eine Wiese mit Obstbäumen grenzte, war eine lange Tafel aus einigen Tischen gedeckt. Sie war mit einer Lichterkette beleuchtet, in den Zweigen hingen ein paar Lampions, und in einer großen Feuerstelle brannte sauber aufgeschichtetes Holz. Kosanke ging umher und nahm Bestellungen auf.

»Für richtige Feste in der Turnhalle kommen längst nicht mehr genug Leute zusammen«, sagte Armin, »deshalb hat sich der neue Chef das da einfallen lassen. Eigentlich ganz schön, wenn das Wetter mitspielt. Da ist er übrigens.«

Ein freundlicher Mittvierziger kam auf uns zu. »Weißgerber«, stellte er sich vor, »seien Sie willkommen, nehmen Sie Platz!«

Die Gäste am Tisch waren fast dieselben, die vorhin schon in Kosankes Biergarten gesessen hatten. Nolli starrte mir weiß wie die Wand entgegen.

Außer einigen unbekannten Gesichtern waren nur die Lehrer hinzugekommen. Man sah Freizeithemden, bei den Jüngeren auch Jeans und Turnschuhe. Selbst der alte Chef hatte sein Jackett abgelegt, nur Irene Bozetti trug etwas Schwarzes, Ausgeschnittenes, in dem sie auch nicht graziöser wirkte als in ihren Joggingsachen. Sie bemerkte mich, doch sie sah durch mich hindurch. Der Toni kniff uns dagegen ein Auge zu.

Kaum saßen wir ihnen gegenüber, hörte ich Weißgerber hinter mir abermals sagen: »Herzlich willkommen, schön, dass Sie da sind!«

Eine bekannte Stimme antwortete ungewohnt verbindlich: »Guten Abend. Eckermann mein Name. Dies ist mein alter Banknachbar Helmut Fick. Wir hatten leider keine Gelegenheit, uns anzumelden; Sie haben hoffentlich trotzdem ein Plätzchen für uns.«

Das Plätzchen fand sich ganz in unserer Nähe. Ich grinste die Kommissare an. Es musste sie als gestandene Ermittler enorme Überwindung gekostet haben, sich heimlich auf ein Schulfest zu schleichen. Fick wirkte entsprechend sauer, Eckermann geradezu grimmig, doch das konnte auch daran liegen, dass er mit seinem Stuhl nicht zufrieden war – er hatte kein Keilkissen dabei. Er rutschte mit dem Hinterteil hin und her und blitzte mich dabei wütend an.

Weißgerber trat ans Kopfende des langen Tisches, klopfte an sein Glas und hielt eine kurze Begrüßungsansprache. Der Zeitpunkt war ideal, denn die Sonne war gerade untergegangen, die Baumkronen, deren Wipfel eben noch rot geglüht hatten, wurden zu dunklen Riesen, während die Lichterkette und die Lampions zu leuchten begannen und das Feuer zu hellem Leben erwachte. Der Direktor sprach angenehm sachlich, berichtete über den Stand der Schule und des Internats und schloss mit einer Würdigung der Verdienste seines Vorgängers.

Während Kosanke mit der Getränkeversorgung begann, sah ich mit Schrecken, dass sich der alte Chef erheben wollte; er ruckte an seinem Stuhl, sein eingefallener Mund bereitete sich mitsamt den umgebenden Falten und Schmissen auf eine geschraubte Antwort vor. Das passte mir gar nicht. Der Mann würde den Tisch so müdequatschen, dass mir anschließend kein Mensch mehr zuhören würde. Ich brauchte aber absolute Aufmerksamkeit, deshalb beschloss ich, nicht zu warten. Die Rasierklingen in meinem Magen nahmen höchste Fahrt auf.

»Eine Schülerin ist ermordet worden«, sagte ich laut und deutlich.

Die Rasierklingen standen still. Der Alte sank mit offenem Mund auf seinen Stuhl zurück. Kosanke ließ das leere Tablett herabhängen und blieb stehen. Niemand sagte etwas. Ich sah in bestürzte, neugierige, befremdete und verständnislose Augen.

Leiser fuhr ich fort: »Vor fünfundzwanzig Jahren ist in Brokheide eine Schülerin ermordet worden, vor wenigen Wochen ein ehemaliger Schüler, eine ehemalige Schülerin vor wenigen Tagen. Bis heute ist keiner dieser Morde aufgeklärt. Alle wurden vom selben Täter begangen. Die Namen der Opfer sind Dorothee Sieck, Jan Lütjens und Claudia Noll.«

Nolli stöhnte leise. Er sah mich unverwandt an und wippte dabei leicht mit dem Oberkörper. Kosanke nahm sich unauffällig einen Stuhl und setzte sich in Hörweite, von den anderen rührte sich niemand.

Ich war jetzt ruhig wie ein Stein. Obwohl mein Plan nicht simpler hätte sein können, war ich sicher, dass er wirken würde. Ich zog Annelieses Haushaltskladde hervor. »Dieses Notizbuch gehörte dem ermordeten Jan Lütjens. Seine Schwester Claudia hat es mir mit der Post geschickt, bevor sie selbst umgebracht wurde. Deshalb bin ich heute hier.«

Fick streckte empört die Hand nach der Kladde aus, Eckermann hielt ihn zurück.

Ich hielt das Buch hoch, um die Aufmerksamkeit auf mich zu konzentrieren. »Die Geschichte, die diesen Notizen zu entnehmen ist, hat auch mit mir zu tun. Deswegen wurden sie an mich geschickt.« Ich sah in die Gesichter meiner Freunde. »Ihr wisst, wie ich damals an Doro gehangen hab.«

Teilnahmsvolles Nicken.

Ich wiegelte ab: »Na ja, unerwiderte Schülerliebe ist nichts Besonderes. Doro wollte mich halt nicht. Hab ich gedacht – bis ich eines Tages eines Besseren belehrt worden bin. Es war nur ein kurzer, intimer Augenblick in einer Musikzelle, aber danach war ich ganz sicher: Sie hing genauso an mir. Und einen Tag später war auf einmal wieder alles vorbei, da war sie genauso verschlossen und abweisend wie vorher.« Ich hob erneut das Buch. »Hier drin habe ich nun endlich die Erklärung dafür gefunden. Doro hatte ein Verhältnis mit einem Lehrer. Mit Dirk Steffens, dem Toni.«

Armin schlug mit der flachen Hand auf den Tisch: »Ich hab's gewusst, Scheiße, ich hab's gewusst!« Er zeigte mit dem Finger auf Steffens: »Mann, wie sie dich alle angehimmelt haben, und vor allem: Wie du sie angesehen hast! Und dann der ewige Förderunterricht im Lehrerhaus, die angebliche Abiturvorbereitung – ich hab's gewusst: gevögelt hast du sie!«

»Ich verbitte mir diese … das … und diesen Ton!« Der alte Chef hatte sich nun doch noch hochgerappelt, seine Lippen zitterten vor Entrüstung.

Armin machte eine wegwerfende Handbewegung: »Ach, halt doch die Schnauze, du alter Idiot!«

Der Toni hatte wie angewurzelt dagesessen, nun bekam er sich wieder unter Kontrolle. Er nutzte den Moment allgemeiner Erregung, indem er einfach über den Tisch langte und mir die Kladde aus der Hand nahm. Er riss nicht daran, er nahm sie mit einem schnellen, entschlossenen Griff, stand auf und ließ sie wohlüberlegt ins Feuer fallen, dorthin, wo die Glut am stärksten war. Eckermann und Fick sprangen hoch, der Toni stellte sich ihnen in den Weg. Dies, so gestand mir der Hauptkommissar später, war einer der peinlichsten Momente seiner Laufbahn.

Steffens zu packen, war ein Leichtes. Das Problem bestand darin, das Büchlein zu retten. Fick versuchte es mit der bloßen Hand, zog sie mit lautem Schmerzgeheul zurück, dann stocherte er vergebens mit einem dicken Holzscheit, schließlich rannte er im Dunkeln Richtung Wald. Als er endlich mit einem passenden Stöckchen wiederkam, war die Kladde verbrannt.

Während die Schattenrisse der drei Männer vor dem Feuer herumhampelten, war auch Weißgerber aufgestanden, jetzt verschaffte er sich energisch Gehör. »Schluss jetzt! Würden Sie sich freundlichst wieder setzen!« Er sah in die Runde: »Ich gestehe, dass ich über den Verlauf dieses Abends entsetzt bin. Für all diejenigen unter Ihnen, denen es ebenso geht, tut es mir leid, doch ich muss jetzt leider darauf bestehen, dass diese Sache auf der Stelle geklärt wird!« Er wies auf mich: »Was haben die Vorwürfe gegen Herrn Steffens zu bedeuten?«

»Gar nichts«, antwortete der Toni an meiner Stelle. »Sie sind unbewiesen und haltlos.«

Er hatte mit dem Griff nach dem Büchlein viel schneller reagiert, als ich erwartet hatte, und ein Feuer war in meinem Plan auch nicht vorgesehen gewesen. »Herr Steffens hat in der Tat gerade wichtiges Beweismaterial vernichtet und sich damit selbst schwer belastet«, improvisierte ich. »Es geht, wie gesagt, um drei Morde.« Ich deutete auf Eckermann und Fick. »Deshalb sind diese beiden Herren hier. Sie sind von der Kriminalpolizei. Weitere Beamte sind in der Nähe.« Fick hob das Kinn, Eckermann schüttelte ergeben den Kopf.

Der Toni wandte sich den beiden spöttisch zu. »Die Polizei! Na so was. Sie haben hoffentlich gut zugehört, meine Herren, denn ich werde Sie vor Gericht als Zeugen gegen Herrn Nickel benennen. Er unterstellt mir nicht nur den sexuellen

Missbrauch einer Schülerin, sondern hat darüber hinaus angedeutet, ich sei ein Mörder.« Sein Ton wurde sachlich: »Zu Ihrer Information, Herr Weißgerber: Es hat in Brokheide tatsächlich eine Schülerin namens Dorothee Sieck gegeben. Sie ist vor fünfundzwanzig Jahren verschwunden. Ich selbst hab damals die Vermisstenanzeige aufgegeben. Interessant ist in dem Zusammenhang, dass Herr Nickel sich exakt zur selben Zeit davongemacht hat.« Er sah mich an. »Haben Sie sie mitgenommen, Herr Nickel? Wo ist sie? Was haben Sie dem Mädchen angetan?«

Bevor ich mich über die Dreistigkeit wundern konnte, mit der mich Steffens in die Defensive zu drängen suchte, klopfte Weißgerber ungeduldig auf den Tisch. »Schön, Herr Kollege, das war vor meiner Zeit und mag alles richtig sein – aber was war das eben mit dem kleinen Buch? Was sollte dieser Auftritt, wieso haben sie es verbrannt?«

Der Toni nickte und hob dabei abwehrend die Hand, als sei er bereit zu antworten und wolle nur erst einen Satz zu Ende bringen.

Ich kam ihm zuvor: »Er hat es verbrannt, wie er Dorothee Sieck verbrannt hat. Er hat ihre Leiche in der Nacht von Karfreitag auf Samstag im Holzstoß des Osterfeuers versteckt.«

Ein Raunen ging durch die Runde. Steffens ließ die Hand auf den Tisch fallen. »Was für ein bodenloser Unsinn! Warum hätte ich das tun sollen?«

»Weil Sie Angst hatten, dass Doro mir alles erzählen würde. Ich war in der Nacht zuvor mit ihr zusammen, und wir … sie wollte bei mir bleiben. Aber sie musste erst noch ›etwas bereinigen‹. Damals wollte sie mir nicht sagen, um was es ging. Heute weiß ich es. Sie wollte mit Ihnen reinen Tisch machen.«

»Und deshalb hab ich sie ins Osterfeuer gesteckt? Das ist doch Unfug.« Er machte eine bedeutsame Pause, dann beugte er sich begütigend vor: »Schauen Sie, Herr Nickel, ich verstehe ja: Das Mädchen hat Ihnen bestimmt viel bedeutet, wenn es Ihnen nach so langer Zeit immer noch im Kopf herumspukt. Aber deshalb können Sie doch nicht einfach hergehen und absurde Verleumdungen in die Welt setzen!« Er legte den weißen Charakterkopf schief. »Im Übrigen, selbst wenn man Ihren Unsinn ernst nehmen wollte, Herr Nickel – eine spurlos verbrannte Leiche wäre alles andere als ein Beweis.«

»Leichen verbrennen niemals spurlos«, sagte ich. »Die massiveren Teile des Skeletts bleiben kalziniert erhalten – so zum Beispiel Dorothee Siecks Schädel. Jan Lütjens hatte ihn. Jetzt hat ihn die Polizei.«

Steffens öffnete den Mund. Ich stoppte ihn mit einer Handbewegung und sah in die Runde. »Die Tengeloher haben ihren Holzstoß kurz vor Ostern immer von der Freiwilligen Feuerwehr bewachen lassen, damit nicht irgendein Scherzbold vorzeitig Feuer legt. Jan Lütjens war damals besonders eifrig auf dem Posten. In der Nacht von Karfreitag auf Samstag hat er im Führerhaus seines Treckers gesessen und gesehen, wie die Leiche versteckt wurde. Am Ostersonntag hat er frühmorgens in der Asche gestochert und den Schädel herausgeholt. Und dann hat er sich an den Mörder gewandt – mit einer kleinen Bitte.« Ich nahm die Zeugnisse aus dem Umschlag und legte sie auf den Tisch. »Jan war ein bekannt schlechter Schüler. Zweimal sitzen geblieben, dann mühsam den Sprung in die Oberprima geschafft, dort nur Vieren und Fünfen. Und dann ein Wunder: ein gutes Abitur! Sehen Sie mal, eine Zwei in Geschichte und eine Zwei in Latein. Ihre Fächer, Herr Steffens.« Ich schob ihm die Zettel zu.

Er ignorierte sie.

»Jan hatte, was er wollte«, fuhr ich fort, »und damit war die Sache vorerst erledigt. Sein Studium war natürlich ein einziges Fiasko, aber es dauerte seine Zeit, und währenddessen war er weit vom Schuss. Anschließend konnte er bei seinem Vater als Quasi-Apotheker einsteigen und war viele Jahre lang finanziell bestens versorgt. In Schwierigkeiten geriet er erst wieder, als der Alte starb, denn um mit einer Apotheke Geld zu verdienen, braucht man eine Approbation. Und da erinnerte sich Jan an seinen alten Gönner, den Toni.«

Steffens legte beide Hände flach auf den Tisch und lehnte sich aufgebracht über die Platte: »Ja, zum Teufel – was glauben Sie denn, was bei mir zu holen gewesen wäre? Was glauben Sie denn, was ein Lehrer verdient?«

Ich zuckte die Achseln. »Lütjens hat mehr verlangt, als Sie ihm geben konnten, nehme ich an. Da haben Sie ihn in die Kiesgrube bestellt und dafür gesorgt, dass Sie Ruhe vor ihm hatten.«

»Das ist Blödsinn! Das ist absoluter …«

»Wahrscheinlich ist Ihnen zu spät aufgegangen, dass Sie ihm besser erst sein Belastungsmaterial abgelockt hätten, denn das alte Lütjenshaus war gesichert wie ein Tresor, da war kein Reinkommen. Und dann bin ich in Tengeloh aufgetaucht, hab angefangen, rumzulaufen und Fragen zu stellen. Ich hab sogar im Haus von Jans Schwester gewohnt – das musste Sie wahnsinnig machen!«

»Wahnsinnig ist allein Ihre Geschichte, Herr Nickel.« Er lehnte sich zurück. »Völlig wahnsinnig.« Sein Gesicht verschloss sich. »Mehr sage ich dazu nicht.«

»Das ist auch nicht nötig. Nach Ihrer Verbrennungsaktion vorhin wird die Polizei diese wahnsinnige Geschichte überprüfen bis ins kleinste Detail. Sie wird mit Ihren Schülerinnen sprechen, mit ehemaligen und heutigen, sie wird die Zeugnisse prüfen, die Sie geschrieben haben, wird Ihre Wohnung durchsuchen bis in den letzten Winkel, Ihre Schränke, Schubladen, Papiere, Kleider – alles! Die Polizei wird Ihr ganzes Leben minutiös unter die Lupe nehmen, und sie wird genug Belastendes finden, um Sie mit den Morden in Verbindung zu bringen.«

Eckermann und Fick nickten in seltener Eintracht. Ich wartete. Das Feuer knackte. Irene Bozetti hatte die ganze Zeit mit fröstelnd verschränkten Armen und niedergeschlagenen Augen neben dem Toni gesessen.

Nun seufzte sie und hob den Kopf. »Ich war's«, sagte sie.

Alle hielten den Atem an. Steffens erstarrte. Wieder war nur das Feuer zu hören. Ich griff in meine Jackentasche und holte das kleine Herz heraus. »Das ist Ihres, nicht wahr?«

Sie nickte und nahm es.

»Ich hab lange nachgedacht«, sagte ich zu Rolli und deutete auf den Toni. »Als ich ihm das Herz gezeigt hab, hat er nicht ›donum amoris‹ gesagt, sondern ›donum amatoris‹. Es war also kein Geschenk Amors, sondern das Geschenk eines Geliebten. Demnach konnten die Buchstaben DS nicht Doros Initialen sein. Es sind seine. DS steht für Dirk Steffens. Er war der Geliebte.« Ich reichte Eckermann das Foto über den Tisch, das ich im Biergarten eingesteckt hatte. »Und Irene Bozetti hat es getragen, sehen Sie?«

Die Musiklehrerin schloss die große Hand um das kleine Herz und legte sie an ihre Wange. »Wie lange das her ist.« Sie streifte Steffens mit einem Blick. »Und er hat mich ja nie verlassen. Er konnte nur …«

Der gemurmelte Rest des Satzes war nicht zu verstehen. Eckermann mochte gleichmütig wirken, doch im Geiste notierte er garantiert jedes Wort. Jetzt reagierte er sofort: »Verzeihung?«

Verzweifelt laut wiederholte sie: »Er konnte die kleinen Biester nicht in Ruhe lassen! Sie waren immerzu hinter ihm her, Blicke, Gekicher, Briefchen, was weiß ich!« Ihre Stimme wurde wieder leise. »Sie konnten ihn nicht in Ruhe lassen, und er konnte sie nicht in Ruhe lassen!«

Steffens kniff die Lippen zusammen und wendete sich ab.

»Meist hatte er sie schnell über«, sagte sie, als entschuldige ihn das. »Nur die kleine Sieck nicht. Und er wollte auch nicht, dass ein anderer sie bekommt.«

Ich bemühte mich, Steffens nicht anzusehen, und zwang mich zur Ruhe. »Was hat er gemacht?«

Sie griff nach meiner Hand. »Sie haben mir so leid getan, Paul, Sie waren so ein netter Junge, so musikalisch. Er hat Ihrer Freundin gesagt, wenn sie sich nicht von Ihnen fernhält, macht er Ihnen die Schule zur Hölle, verstehen Sie?«

Ich zog meine Hand fort. »Hat gut funktioniert.«

»Bis zu diesem Karfreitagabend, ja. Da hat sie ihm gesagt, dass es aus ist, und dass er Ihnen nicht mehr schaden kann, weil Sie die Schule verlassen. Er war völlig fertig. Er meinte, sie würde bestimmt reden, alles würde rauskommen, auch das mit den anderen Schülerinnen. Er würde die Schule verlassen müssen – und damit auch mich. Verstehen Sie?«

Steffens zeigte keine Regung.

Irene Bozetti starrte auf den Tisch. »Ich dachte, ich rede besser mal mit ihr. Sie hat sich ein bisschen gewundert, es war schon so dunkel. Wir sind ein paar Schritte in den Wald reingegangen, und dann … ja.«

»Wie haben Sie sie zum Osterfeuer geschafft?«

»Ich hab mein Auto geholt. Als ich sie drin hatte, hab ich erst lange überlegt, weil ich nicht wusste, wohin mit ihr. Dann ist mir das Feuer eingefallen. Aber als wir da waren, hab ich gemerkt, der Holzstoß ist ein Verhau aus Ästen und

Bäumen und Zweigen, alles zusammengepresst und ineinander verhakt, ich kriege den Körper da niemals rein. Das war furchtbar. Und dann kam der Feuerwehrmann. Ich war total panisch, bis ich gemerkt hab, es ist Jan Lütjens, einer von meinen Schülern. Und er … er wusste sofort, was er wollte.«

Ich tippte auf die Zeugnisse. »Abitur.«

»Ja. Er hatte einen Trecker mit einer großen Gabel vorne dran. Damit ging es. Nachher war nichts zu sehen. Alles war in Ordnung.« Sie fasste sich an den Hals. »Ich hatte nur irgendwie das kleine Herz verloren. Jan Lütjens hat mir gesagt, dass er es hat.« Sie blickte auf. »Aber ein Notizbuch hat er nie erwähnt.«

»Er hatte auch keins. Das eben war nur das Ausgabenbuch meiner Haushälterin.«

Sie lächelte, als hätte ich ihr einen Schülerstreich gespielt. Steffens öffnete kurz den Mund, dann kniff er ihn wieder zu. Fick machte ein Schafsgesicht, Armin grinste bösartig.

Ich bohrte weiter. »Und dann wollte Lütjens Geld?«

»Er wollte die Guarneri.«

Eckermann sah mich fragend an.

»Frau Bozetti besitzt eine Guarneri-Geige. So was wie eine Stradivari, laut Internet ohne Weiteres für fünf Millionen gut.«

»Sie ist seit Generationen in meiner Familie. Ich würde sie niemals hergeben.«

»Aber zu Jan haben Sie gesagt, Sie würden.«

»In der Kiesgrube, ja. Ich hab ihm gesagt, ich geb sie ihm in der Kiesgrube.«

»Gut, soweit versteh ich Ihre Motive. Aber warum seine Schwester? Warum Claudia?«

»Weil sie die Einzige war, die noch Bescheid wissen konnte. Und als Sie angefangen haben, Fragen zu stellen und sogar in ihrem Haus waren …« – sie streckte die Hand nach mir aus: »Das mit dem Zettel tut mir leid! Das war gemein. Sie hatten mir ja gar nichts getan.«

Ich überging die bizarre Abbitte. »Wieso dachten Sie, Claudia könnte Bescheid wissen?«

Irene Bozetti neigte den Kopf in Steffens' Richtung: »Sie war doch eine von seinen … Schülerinnen. Sie wusste von ihm und Dorothee.«

Von Noll kam ein Ächzen; gleichzeitig löste sich Steffens aus seiner Erstarrung. Er legte die Fäuste auf die Tischplatte. »Was immer Sie mit Ihren Bezichtigungen gegen mich bezweckt haben, Herr Nickel, ich erwarte eine Entschuldigung.« Sein weißer Schopf leuchtete im Feuerschein. »Mein Umgang mit einigen Schülerinnen mag nicht korrekt gewesen sein; dafür werde ich geradestehen. Mit den feigen Morden dieser Frau hier habe ich jedoch nichts zu tun.«

Irene Bozetti fuhr herum und sah ihn fassungslos an.

Er wollte sich erheben.

»Einen Moment noch«, sagte ich. »Etwas ist mir noch unklar, Frau Bozetti. Claudia Noll haben Sie in ihrer Küche überrascht, wo ein scharfes Messer zur Hand war. Dorothee Sieck war jünger als Sie und bei Weitem nicht so kräftig. Aber Jan Lütjens war ein Mann! Wie haben Sie ihn überwältigen können?«

Die Musiklehrerin antwortete, ohne den Blick von Steffens zu lösen. »Das war nicht so schwer. Ich … ich hab das mal hier auf dem Schulhof gesehen.« Sie stand auf und trat hinter den Toni.

»Lass das«, sagte er unwillig.

Einen Sekundenbruchteil später hatte sie den rechten Arm um seinen Hals geschlungen, ihr rechtes Handgelenk mit der Linken gepackt und den Schraubstock geschlossen. Sofort waren die beiden Polizisten bei ihr und versuchten, ihren Griff zu lösen, doch sie gab keinen Millimeter nach.

Ich tat gar nichts. Ich saß nur da und sah in Steffens' Augen. Er sah in meine, bis seine Pupillen nach oben rutschten und nur noch das Weiße zu erkennen war.

* * *

»Wieso bist du nicht direkt auf die Bozetti losgegangen?«

Armin hatte nicht das geringste Problem damit, kurze Hosen zu tragen, und die Prothese beeinträchtigte seine männliche Ausstrahlung in keiner Weise, wie Annelieses Erröten in seiner Nähe bewies. Er, Rolli und ich fläzten uns auf meiner Terrasse im Schatten und tranken Bier.

»Irene Bozettis einziges Motiv war ihre aberwitzige Liebe zum Toni«, erklärte ich. »Wie hätte ich ihr die nachweisen sollen? Die musste sie schon selbst bezeugen, und dafür musste ich Steffens unter Druck setzen.«

»Das hat sie ja dann noch besser gekonnt.« Rolli hob vielsagend den Ellbogen. »Kein schönes Ende.« Er trank. Die hellen Augen musterten mich. »Hast du gewusst, dass sie das tun würde? Du hast es provoziert, oder?«

Ich kraulte Brunos Haupt, das auf meinem Schoß lag, und schwieg.

Armin warf einen Kronkorken nach Rolli. »Lass ihn in Ruhe, Dicker. Er hat's genau richtig gemacht. Ich kann ihn gut verstehen. Nur eines begreif ich nicht, Paul. Claudia hat doch geahnt, was gelaufen war. Wieso hat sie dir einen anonymen Umschlag geschickt? Wieso hat sie dir nicht einfach alles erzählt?«

»Das kann ich nur vermuten.«

»Und was vermutest du?«

»Sie war eines von Tonis Püppchen, nicht?«

»Sie war sogar von allen am schärfsten auf ihn.«

»Und doch hat sie sich zu Ostern unvermittelt für Nolli entschieden – warum?«

»Was denkst du?«

»Ich stelle mir die Situation vor: Der Toni hat seine Schülerliebschaften immer hübsch im Verborgenen pflegen können – und plötzlich ist er mitschuldig an einem Mord und hat obendrein einen Erpresser am Hals. Wird er da sorglos weitermachen wie gehabt?«

»Du hast recht! Er macht natürlich erst mal Schluss, auch mit Claudia. Das erklärt allerdings noch nicht, warum sie sich so schnell mit Nolli trösten musste.«

»So ist es.«

Armin rieb sich die Stirn. Man konnte förmlich zusehen, wie der Gedanke in seinem Kopf Gestalt annahm. »Oh, Scheiße! Ich weiß es! Sie war schwanger!« Er schwang die Füße auf den Boden und verhakte sich mit der Prothese in der Gartenliege. »Sie war schwanger!«

»Das wird sie zumindest befürchtet haben. Tatsächlich ist das Kind sehr früh nach dem Abi gekommen.«

In der Einfahrt war ein Motor zu hören, der Kies knirschte. Bruno nahm den Kopf von meinem Schoß und trabte um die Hausecke. Als er zurückkam, hatte er Noll und Sohn im Gefolge. Wir standen etwas befangen auf. Armin kam nicht von der Liege los.

»Du hast da was am Bein«, sagte Nolli trocken.

Michael lachte.

Es war das erstemal, dass ich ihn lachen sah. Ich starrte auf seinen Mund. Rolli und Armin ging es wie mir. Dann sahen wir einander an und lachten ebenfalls. Wir lachten so ausgelassen, dass Noll schließlich fragte: »Was ist los? Hab ich was Blödes gesagt?«

»Aber nein!« Rolli nahm seinen Arm. »Du hattest doch als Junge immer einen schwarzen Zahn. Wir wussten nicht, dass dein Sohn den jetzt hat.«

KBV-KRIMI

Egon Olsen
HEIDEBLUES
Taschenbuch, 191 Seiten
ISBN 978-3-937001-66-1
8,90 EURO

Der eitle Musikmanager Dr. Günther Didier hat, so wie das üblich ist, jede Menge Feinde in der Haifischbranche, die ihm die Pest an den Hals wünschen. Dennoch hätte niemand damit gerechnet, dass ihm ausgerechnet in der Abgeschiedenheit seines Landsitzes jemand den Schädel einschlagen würde.

Tatort ist das malerisch gelegene Gut Eichenhof in der winterlichen Lüneburger Heide, auf dem der Ermordete ein Trüppchen illustrer Gäste aus dem Showgeschäft um sich versammelt hatte.

Unter ihnen ist der chronisch abgebrannte Songschreiber Paul Nickel. Auch für ihn erweist sich die Landluft als äußerst ungesund: Nicht genug damit, dass ihn ständig ein Trecker zu überfahren versucht, gerät er nun auch noch unter schweren Mordverdacht. Nickel muss die Sache notgedrungen aufklären und entwickelt dabei eine ebenso künstlerische wie unkonventionelle Methode …

»Egon Olsen liefert mit „Heideblues" einen mit satten ironischen Pointen garnierten Kriminalroman …« (Hamburger Abendblatt)

KBV-KRIMI

F. G. Klimmek
EIN FISCH NAMENS AALBERT
Taschenbuch, 252 Seiten
ISBN 978-3-937001-15-8
9,50 EURO

Aalbert lebt im Rhein-Herne-Kanal, wo er sich als Privatdetektiv mit harmlosen Beschattungs-Aufträgen ganz gut unter Wasser hält.

Mit dem geruhsamen Leben ist es vorbei, als ihm zufällig der gerade aus dem Knast entlassene Riesenhecht Harry über den Weg schwimmt, der auf der Suche nach seiner Wilma ist. In seinem Kielwasser trifft Aalbert auf den dicken Fisch Liebskind und dessen Partner Konstantin Opelos, die dem guatemaltekischen Leviathan, einer wertvollen schwarzen Statuette, auf der Spur sind.

In Nicks Café erzählt man sich, dass ein brutaler Serienkiller sein Unwesen treibt, der seine Opfer säuberlich zerteilt. Ehe sich's Aalbert versieht, hat er auch diesen Fall an der Flosse. Und als er dem mörderischen Geheimnis schließlich doch zu nahe kommt, hat er alle Mühe, seine eigenen Schuppen zu retten.

»Eine wunderbar schräge Hommage an Dashiell Hammett, Raymond Chandler und Co.!«

KBV-KRIMI

Paul Smoeker
WOTANS RACHE
Taschenbuch, 336 Seiten
ISBN 978-3-937001-87-6
9,50 EURO

Spannend, schräg, aberwitzig! Ein Kiffer-Krimi aus der norddeutschen Provinz.

In einem Kaff vor den Toren Bremens führt der passionierte Kiffer T. H. Cooper als Lokalredakteur ein ruhiges Leben ohne Karriere-Ambitionen. Seine journalistischen Instinkte werden allerdings geweckt, als bei einem nächtlichen Crash auf der Landstraße zwei polnische Arbeiter ums Leben kommen. Was wie ein gewöhnlicher Unfall mit Fahrerflucht aussieht, entpuppt sich schnell als Doppelmord.

Bei der Autopsie der Leichen werden extrem hohe Dioxin-Konzentrationen festgestellt. Jetzt ist Coopers Jagdtrieb endgültig aus dem THC-Koma erwacht. Unterstützt von der attraktiven Volontärin Lilly macht sich der ebenso hartnäckige wie eigensinnige Reporter auf die Suche nach dem Ursprung des Giftes und setzt im Verlauf seiner Recherchen alles aufs Spiel, was ihm lieb und teuer ist.

»Die Spannung kommt wirklich nicht zu kurz!« (Bremen 4 U)